북즐 활용 시리즈 09

문 장
다이어트
레시피

안종군, 이시우 공저

북즐 활용 시리즈 09

문장 다이어트 레시피

펴 낸 날   초판 1쇄 2016년 6월 24일

지 은 이   안종군, 이시우
펴 낸 곳   투데이북스
펴 낸 이   이시우
교정 · 교열   안종군
편집 디자인   박정호
출판등록   2011년 3월 17일 제 305-2011-000028 호
주   소   서울시 동대문구 천호대로 4 동대문우체국 사서함 48호
대표전화   070-7136-5700 팩 스 02) 6937-1860
홈페이지   http://www.todaybooks.co.kr
전자우편   ec114@hanmail.net

ISBN 978-89-98192-36-5 03800

이 도서의 국립중앙도서관 출판예정도서목록(CIP)은 서지정보유통지원시스템
홈페이지(http://seoji.nl.go.kr)와 국가자료공동목록시스템(http://www.nl.go.
kr/kolisnet)에서 이용하실 수 있습니다.(CIP제어번호: CIP2016013567)

09
북즐
활용 시리즈

문장 다이어트 레시피

안종군, 이시우 공저

투데이북스
TodayBooks

문장 다이어트 레시피

머리말

대학을 졸업하고 출판 분야에 입문한 지 올해로 20년이 훌쩍 넘어 버렸다. 우연한 기회에 책을 내게 되어 벌써 네 번째가 되었지만 이 글을 쓰는 순간만큼은 두려움이 앞선다.

이 책은 최근에 출판된 "출판편집백서"를 깎고 다듬은 것이다. 대부분의 글쓰기 책들이 그러하듯 이 책 또한 '그 밥에 그 나물'인 점도 부인할 수 없지만, 독자들에게 도움이 될 만한 좋은 책을 만들기 위해 수없이 고민했다는 것만으로 작은 위안을 삼고자 한다.

글쓰기에 정답은 없지만, 적어도 최선은 있을 것이라는 믿음으로 다시 한 번 독자 앞에 이 책을 내놓는다.

이 책이 세상에 모습을 드러내기까지 많은 조언을 해주신 이시우 대표님께 감사의 마음을 전한다.

2016년 6월
저자 안종군

만 24살 때부터 글을 써 왔다. 하지만 유명한 책은 한 권도 없다.
유명한 책은 없어도 글쓰기를 멈출 수는 없다.
글을 써 내려가는 자체가 나에겐 즐거움이자 직업이기 때문이다.

가끔은 글 쓰는 것으로 인해 스트레스도 받지만 그 자체가 더
큰 즐거움을 향해 전진하는 하루가 된다. 그 하루하루가 모여서 책
으로 태어난다. 그러므로 오늘 하루가 정말 소중하다.

이 책이 제대로 글을 쓰고 자신만의 원고와 책을 만드는 일에 작
은 도움이 되었으면 좋겠다. 글을 조금이라도 잘 쓰고 싶은 분들에
게 이론과 실기를 함께 제시한 "문장 다이어트 레시피"를 추천한다.

문장을 다이어트해서 좋은 글로 탄생한 레시피가 여러분들의 글
쓰기에 도움이 되었으면 좋겠다. 그리고 이 책을 보는 모든 분들이
누구나 좋아하는 글을 쓰기 바란다.

이 책이 나오기까지 도움을 준 모든 분들에게 감사의 말씀을 드린다.

2016년 6월
저자 이시우

CONTENTS

**PART 03
문장
다이어트
실전**

PART 01

짧게 고쳐라

▼▲▼▲▼▲▼▲▼▲▼▲▼▲▼▲▼

"글을 읽는 도중에 숨을 쉬어야 한다면 긴 글이라고 생각해도 좋다"라는 말이 있다. 이는 짧은 글의 중요함을 극명하게 드러내는 말이다. 읽는 이에게 자신의 의도를 전달하는 데는 '짧은 글' 만큼 효과적인 방법이 없다. SNS가 이토록 세계적으로 유행하게 된 배경에는 '14자의 미학'이 숨어 있다. 이 장에서는 글을 짧게 고쳐 쓰기 위한 방법에 대해 알아본다.

북즐 활용 시리즈 09

문장다이어트 레시피

군더더기를 없애라

문장에서 군더더기를 없애야 한다는 말은 무슨 의미일까? 군더더기는 '불필요한 것', '반드시 있지 않아도 될 것'을 뜻한다. 한자말로는 '사족(蛇足, 뱀의 다리, 쓸데없는 행동으로 일을 그르침)'이라고 한다. 군더더기는 올바른 문장, 좋은 문장, 살아 있는 문장을 만드는 데 있어 최대 걸림돌이다. 좋은 문장을 만드는 지름길은 바로 '군더더기를 없애는 것'이다.

군더더기를 없애는 일에는 다음과 같은 장점이 있다.

첫째, 문장이 간결해진다.
둘째, 의미를 잘 전달할 수 있다.
셋째, 읽는 속도가 빨라진다.
넷째, 문장에 생동감이 넘친다.

다섯째, 호소력이 생긴다.

여섯째, 긴장감을 유지할 수 있다.

살아 있는 문장, 좋은 문장을 만드는 비결은 '간단명료(簡單明瞭)함'이다. 이는 죽은 문장을 살리는 특효약이기도 하다. 많은 사람들이 간단명료한 문장을 쓰지 못하는 이유는 다음과 같다.

첫째, 자신의 글에 자신이 없기 때문이다. 남의 글을 인용하거나, 자신이 잘 알지 못하는 분야이거나, 어느 정도 알고는 있지만 확실히 알지 못하는 내용일 때가 이에 해당한다. 자신은 그렇지 않다는 것을 '증명'하고 싶은 욕구가 발동하기 때문이다. 자신의 글을 읽은 누군가 자신의 글을 반박이라고 할 것 같아 전전긍긍하면서 쓰다 보니 써야 할 말이 많아진다. 급기야 덧붙인 말 때문에 새로운 말을 만들어야 하는 지경에 이른다.

둘째, 뭔가 그럴 듯해 보이기 때문이다. 많은 사람들의 마음속에는 '문장을 길게 쓰면 아는 것이 많아 보이겠지', '짧게 쓰면 왠지 없어 보이지 않을까' 식의 잘못된 사고방식이 자리 잡고 있다.

셋째, 읽는 이에게 친절하다는 말을 듣고 싶기 때문이다. 하나하나 설명을 해주면 읽는 이가 이해하기 쉬울 것이라는 착각에 빠져 있는 것이다. 읽는 이는 지루함을 원하지 않는다. 누가 책을 읽으면서까지

지루함을 느끼고 싶겠는가? 더욱이 이러한 글을 친절하다고 느끼지도 않는다. 한마디로 실익이 없는 것이다.

자신이 다이어트를 시작했다고 가정해보자. 가장 먼저 무엇을 해야 할까? 자기 몸의 '어떤 부위'에 '어떤 군살'이 붙어 있는지부터 살펴보아야 할 것이다. 그렇다면 어떤 것을 '문장의 군더더기'라고 할까?

문장의 군더더기를 이루는 것에는 보조용언, 접속어, 동어(同語), 동의(同意), 동 문법 요소(同 文法 要素), 불필요한 문장의 꼬리, 수식어, 피동 표현, 번역 투 등이 있다.

1-1. 보조용언

보조용언은 독립적으로 문장의 서술어가 되지 못하고, 본용언에 붙어 그 뜻을 명확하게 해주는 용언을 말한다. 보조용언과 본용언의 가장 큰 차이점은 본용언을 문장에서 제거하면 문장이 성립하지 않지만 보조용언은 문장이 성립한다는 것이다. 먼저 본용언과 보조용언을 구분하는 방법에 대해 알아보자.

철수가 영희에게 메일을 보내고 있다.

이 문장을 둘로 나누면 다음과 같다.

ㄱ. 철수가 영희에게 메일을 <u>보내다</u>.

ㄴ. 철수가 영희에게 메일을 <u>있다</u>.

보기 ㄱ과 같이 문장이 성립하면 본용언이 사용된 문장이고, 보기 ㄴ과 같이 성립하지 않으면 보조용언이 사용된 문장이다. 보조용언의 종류는 다음과 같다.

의미	종류	예문
종결	내다, 말다, 버리다	종이를 찢어 **버리다**.
시행	보다	옛날에 살던 동네에 가 **보다**.
사동	하다, 만들다	고양이 목에 누가 방울을 달게 **하느냐**?
피동	지다, 되다	나이가 들면 누구나 늙게 **된다**.
진행	가다, 오다, 있다	영수가 친구들과 야구를 하고 **있다**.
봉사	주다, 드리다	친구 어머님께 인사를 **드리다**.
보유	두다, 놓다	뒷주머니에 지갑을 넣어 **두었다**.
부정	않다, 말다, 못하다	영훈은 이유도 묻지 **않고** 돈을 빌려주었다.
추측	보다, 싶다	많이 아픈가 **보다**.
희망	싶다	놀이동산에 가고 **싶다**.
짐작	보이다	오늘 따라 기분이 좋아 **보인다**.
시인	하다	그가 운동 감각이 뛰어나기는 **하다**.

보조용언은 본용언을 도와 문장의 뜻을 전달하는 데 도움을 주는 역할을 하지만, 불필요한 요소인 경우가 많다.

예문

① 영수는 사과를 **먹어 버렸다**.

　〈수정 예〉영수는 사과를 **먹었다**.

② 나는 호기심이 생겨 그의 연설을 **들어 보았다**.

　〈수정 예〉나는 호기심이 생겨 그의 연설을 **들었다**.

③ 이제부터라도 독후감을 **써 두어라**.

　〈수정 예〉이제부터라도 독후감을 **써라**.

④ 나는 어릴 적 소원을 **이루게 되었다**.

　〈수정 예〉나는 어릴 적 소원을 **이루었다**.

⑤ 고향을 **잃어 버린** 사람이 많다.

　〈수정 예〉고향을 **잃은** 사람이 많다.

⑥ 나는 사과를 먹지 **아니하였다**.

　〈수정 예〉나는 사과를 먹지 **않았다**.

⑦ 첫사랑이 아주 **가 버렸다**.

　〈수정 예〉첫사랑이 아주 **갔다**.

⑧ 교실에서 아이들이 굉장히 **떠들어 댄다**.

　〈수정 예〉교실에서 아이들이 굉장히 **떠든다**.

⑨ 오랜만에 마음껏 **웃어 댔다**.

　〈수정 예〉오랜만에 마음껏 **웃었다**.

⑩ 동생이 장난으로 TV 리모컨을 **감추어 버렸다**.

　〈수정 예〉동생이 장난으로 TV 리모컨을 **감추었다**.

---

⑪ 고통을 **견디어 낸** 사람이 결국 승리했다.

〈수정 예〉 고통을 **견딘** 사람이 결국 승리했다.

⑫ 우리 학교 강당은 **넓지 않다**.

〈수정 예〉 우리 학교 강당은 **좁다**.

1-2. 접속어

문장의 군더더기를 만드는 원인은 여러 가지다. 접속어도 그중 하나다. 글이 지닌 힘을 약하게 하고, 문장의 효율을 떨어뜨리기 때문이다. 물론 접속어가 반드시 필요한 경우가 있기는 하지만, 좋은 문장을 만들기 위해서는 되도록 접속어를 줄이는 것이 좋다. 접속어 없이도 살아 있는 문장, 좋은 문장을 얼마든지 만들 수 있다. 많은 사람들이 굳이 접속어를 고집하는 이유는 다음과 같다.

첫째, 문장의 연결이 부자연스러울 것이다.

둘째, 나의 주장이 설득력이 없어 보일 것이다.

셋째, 인과(因果) 관계가 성립하지 않을 것이다.

다음 문장을 읽어보자.

예 "나는 어젯밤 늦게까지 공부를 했다. 그래서인지 오늘 아침에 늦잠을 잤다. 그래서 지각을 했다."

이 문장은 세 가지 사실에 대해 말하고 있다.

① 어젯밤 늦게까지 공부를 했다.
② 늦잠을 잤다.
③ 지각을 했다.

결국 위 세 가지만 언급하면 된다. 접속어를 없애고 문장을 다시 구성해보자.

④ 나는 어젯밤 늦게까지 공부를 했다. 오늘 아침에 늦잠을 잤다. 지각을 했다.

이제 읽는 이의 입장에서 생각해보자. 문장 ④만으로도 충분히 어떤 상황인지 알 수 있다.

이 문장의 경우, 접속어는 문장을 이해하는 데 별 도움이 되지 않는다. 접속어는 비단 문장과 문장 사이에서만 남용되는 것이 아니다. 글을 길게 쓰는 사람의 글을 읽어보면 단락의 맨 앞에는 여지없이 접속어가 등장한다. 앞문장과 인과 관계가 있음을 증명하고 싶은 마음 때문이다.

이제부터 가능하면 접속어 없이 글을 쓰는 습관을 가지자. 지금 당장 접속어가 없으면 글의 흐름이 끊어질 것이라는 생각을 버려라. 접속어를 생략하는 것에는 다음과 같은 장점이 있다.

① 문장의 물꼬가 트인다.
② 문장의 흐름이 유연해진다.
③ 문장에 폭발력이 생긴다.
④ 문장의 결합력(結合力)이 강해진다.

이왕이면 짧은 호흡으로 읽는 이를 감동시키는 것이 좀 더 경제적이지 않겠는가? 접속어 없이도 문장을 매끄럽게 읽을 수 있다면 굳이 많은 에너지를 소모하면서까지 읽는 이에게 지루함을 안겨줄 필요가 없다.

"글쓰기가 끝나면 글을 잘 썼는지를 살펴보기보다는 더 이상 줄일 곳이 없는지 살펴보자."

다음 예문의 접속어를 빼고 읽어보자. 문장을 이해하는 데 불편함이 없다는 사실을 알게 될 것이다.

① 아내는 조용히 <u>그러나</u> 단호하게 말했다.

② 그는 자리에서 일어났다. <u>그리고</u> 문을 박차고 나갔다.

③ 우리는 열심히 손을 흔들었다. <u>그러나</u> 아무도 돌아보는 사람이 없었다.

④ 어젯밤 친구들과 술을 너무 마셔서 오늘 아침에 늦게 일어났다. <u>그래서</u> 회사에 지각했다. <u>그러나</u> 다행히 상사가 미팅 중이어서 들키지는 않았다.

⑤ 모르는 낱말의 의미를 알 수 있는 가장 좋은 방법은 사전을 찾아보는 것이다. 사전에는 우리가 궁금해 하는 낱말의 뜻이 잘 풀이되어 있기 때문이다. <u>그러나</u> 모르는 낱말이 있다고 해서 무턱대고 아무 사전이나 찾아볼 수는 없다. <u>왜냐하면</u> 사전의 종류가 워낙 많고 다양하기 때문이다.

⑥ 오늘은 회사 야유회 날이다. <u>그래서</u> 직원들은 평소보다 일찍 회사 앞에 집합했다. 직원들이 집합하자 사장님이 말씀이 있었다. <u>그리고</u> 직원들이 하나둘씩 버스를 탔다. <u>그리고 나서</u> 얼마나 지났을까? 우리는 드디어 야유회 장소에 도착했다.

⑦ 나는 짠 음식을 좋아하지 않는다. <u>그리고</u> 고기도 좋아하지 않는다. 짠 음식과 고기를 너무 많이 먹으면 건강에 문제가 생길 것이 뻔하다. <u>그런데</u> 왜 사람들은 이런 음식들을 즐기는 것일까?

⑧ 이 길을 따라가라. <u>그러면</u> 목적지가 나올 것이다.

⑨ 그녀의 행동에는 잘못된 점이 많다. <u>하지만</u> 그럴 수밖에 없는 이유가 있다는 것도 나는 잘 알고 있다.

⑩ 오늘도 늦게 일어났구나. <u>그러니까</u> 늘 지각이지.

⑪ 지혜와 용기를 <u>아울러</u> 갖추다.

⑫ 근심스러운 소식, 듣기 싫은 소식, **그러나 또한** 십중팔구는 반드시 나올 소식을 겁먹은 마음으로 기다리고 있는 것이었다.

⑬ 자매들은 사이가 좋았다. **그러나** 상속 문제로 사이가 금이 갔다.

⑭ 그녀는 가방에서 약을 꺼냈다. **그리고** 물을 따라 그 약을 꿀꺽 삼켰다.

⑮ 그는 **이를테면** 걸어 다니는 영어사전이다.

⑯ 귀신 소리인지 **혹은** 환상인지, 이상한 소리가 끊임없이 들렸다.

⑰ 지금 밖은 어두울 **뿐 아니라** 춥기도 하다.

⑱ 그곳에 가기는 하겠다. **그렇지만** 그와는 말도 하지 않겠다.

⑲ 비가 오는데 **더구나** 정전까지 되어 추운 밤을 보냈다.

⑳ 네 말도 일리는 있다. **하지만** 우리는 다른 사람들의 의견에 따라야만 한다.

① 접속어의 종류

접속어는 문장 내부의 성분이나 문장과 문장을 이어주는 역할을 한다. 대개의 경우 접속어는 생략이 불가능하거나, 설명형 문장을 작성하거나, 의미를 좀 더 명확히 전달하고자 하는 경우 등에 사용한다. 먼저 접속어의 종류에 대해 알아보자.

접속어의 종류

종류	설명	예
순접	앞과 뒤의 문장이 서로 순순히 이어지는 관계	그리고, 그러니, 그래서, 그러므로, 이와 같이, 그리하여
역접	앞과 뒤의 문장이 서로 상반되는 관계	그러나, 그래도, 그렇지만, 하지만, 반면에
인과	앞문장이 뒤에 오는 문장의 원인이 되고, 뒤의 문장이 결과가 되게 이어주는 관계	그러므로, 따라서, 왜냐하면, 그래서
비유, 예시	앞 문장을 설명하기 위해 뒤의 문장에 예를 드는 관계	예컨대, 예를 들어, 가령
첨가, 보충	뒤에 문장에 보충 설명을 덧붙이는 관계	그리고, 게다가, 뿐만 아니라, 더구나, 또, 또한, 덧붙여, 더욱
전환	앞문장과 화제가 바뀌어 연결되는 관계	그런데, 아무튼, 한편, 그러면
대등	앞 내용과 뒤의 내용이 대등하게 이어지는 관계	그리고, 및, 한편
환언	앞의 내용을 바꾸어 말하거나, 결론을 도출하거나, 전체 문장을 간략하게 요약하는 관계	요컨대, 다시 말하면, 즉, 곧, 결국, 따라서, 바꾸어 말하면
선택	어떤 것을 선택하는 관계	또는, 혹은, 그렇지 않으면

② 약이 되는 접속어, 독이 되는 접속어

접속어는 쓰임에 따라 약이 되기도 하고, 독이 되기도 한다. 문장의 흐름을 원활하게 하고 읽는 이의 이해를 돕는 경우에는 약이 되고, 문장에 불필요하게 섞여 문장의 흐름을 방해하고 의미를 왜곡하며 문장의 주제를 모호하게 하는 경우에는 독이 된다.

다음은 접속어가 잘못 쓰인 경우의 예이다.

- 서울에서는 생필품 값이 3% 올랐다. 그리고 부산에서는 5% 내렸다.

  〈수정 예〉 서울에서는 생필품 값이 3% 올랐다. **그러나** 부산에서는 5% 내렸다.

- 나는 밥을 먹었다. 더욱이 밤에는 치킨을 먹었다.

  〈수정 예〉 나는 밥을 먹었다. **그리고** 밤에는 치킨을 먹었다.

- 영국에 계신 아버지가 아들에게 선물을 보냈다. 한편 딸에게는 보내지 않았다.

  〈수정 예〉 영국에 계신 아버지가 아들에게 선물을 보냈다. **그러나** 딸에게는 보내지 않았다.

- 과일 값이 올랐다. 그러나 커피 값도 올랐다.

  〈수정 예〉 과일 값이 올랐다. **그리고** 커피 값도 올랐다.

2 같은 말을 반복하지 마라

우리는 가끔 말이 많은 사람들을 만나곤 한다. 이 사람들이 하는 말을 유심히 들어보면 정작 필요한 말보다는 필요없는 말이 훨씬 더 많다는 사실을 알게 된다. 말이 많은 사람들은 대개 같은 단어를 반복하여 사용하는 경향이 있다. 그 사람이 사용할 수 있는 어휘에는 한계가 있기 때문이다.

아무리 중요하고 듣기 좋은 말이라 해도 똑같은 말을 계속 듣게 되면 나중에는 무슨 말을 하는지조차 모르게 되고, 심지어 그 사람이 진실을 이야기하는지도 의심을 하게 된다. 이러한 사람을 만나면 그 자리를 빨리 벗어나고 싶어진다.

문장도 이와 마찬가지다. 문장이 길어지고 같은 단어를 반복할수록 문장을 읽는 속도가 느려지고, 무슨 말을 하려고 하는지가 모호해진다. 이러한 문장을 읽다 보면 "도대체 무슨 이야기를 하고 싶은 거야?"라는 생각이 절로 난다. 심한 경우 문장을 읽다 말고 책을 덮어 버리게 된다. 말이 많으면 말실수를 하게 되듯이 문장도 길어지면 문제가 생긴다는 점을 명심하라.

2-1. 같은 단어의 반복

같은 단어를 한 문장 안에서 반복하면 읽는 이가 지루함을 느끼게 될 뿐만 아니라 설득력을 잃게 된다. 같은 단어를 반복한다는 것은 자신의 논리에 자신이 없다는 방증이자 어떻게 해서든 상대방을 설득하고 싶다는 조바심의 발로다. 문장의 길고 짧음, 중언부언 여부 등은 글이 살아 움직이느냐, 죽어 있느냐를 측정하는 척도라고 할 수 있다.

예문

① 암산을 1의 자리끼리, 10의 자리끼리 계산하는 방법만을 암산으로 해서는 암산의 의미가 없다.

〈수정 예〉 **암산이 의미를 가지려면** 1의 자리끼리, 10의 자리끼리 계산하는 방법만을 사용해서는 안 된다.

② 이 책은 어제 동생과 함께 서점에 가서 구입한 책이다.

〈수정 예〉 이 책은 어제 동생과 **함께 서점에서 구입했다**.

③ 공익을 우선시해야 할 것인가, 사익을 우선시해야 할 것인가의 논의에 앞서 공익 추구에 대한 여러 비판적 시각에 대해 먼저 알아보는 것이 필요하다.

〈수정 예〉 **공익과 사익 중 어느 것을 우선시해야 하는지를** 논의하기 **전에** 공익 추구에 대한 여러 비판적 **시각을** 알아보는 것이 필요하다.

④ 비만으로 인해 생길 수 있는 합병증에는 당뇨, 고지혈증 등이 있다.

〈수정 예〉 **비만으로 생길 수 있는** 합병증에는 당뇨, 고지혈증 등이 있다.

⑤ 여러 개의 덧셈과 여러 개의 곱셈에서 아무거나 먼저 더하거나 곱할 수 있는 확실한 이유를 알려줄 필요가 있다.

〈수정 예〉 **덧셈과 곱셈이 여러 개인 경우,** 아무거나 먼저 더하거나 곱할 수 있는 확실한 이유를 알려줄 필요가 있다.

⑥ 우리는 생활 속에서 여러 가지 예술품들을 볼 수 있다. 생활 속의 여러 가지 예술품들은 서로 표현이 같기도 하고 전혀 다르기도 하다.

〈수정 예〉 우리는 생활 속에서 여러 가지 예술품들을 볼 수 있다. **이 것들은** 서로 표현이 **같기도 하고 다르기도 하다.**

⑦ 영희가 나를 보고 손을 흔들었다. 영희는 내 친구다.

〈수정 예〉 영희가 나를 보고 손을 흔들었다. **그녀는** 내 친구다.

⑧ 내 친구가 우리 동네에 맥주집을 개업했다. 맥주집은 의외로 장사가 잘됐다.

〈수정 예〉 내 친구가 우리 동네에 맥주집을 개업했다. **그 집은** 의외로 장사가 잘됐다.

⑨ 이번 특별상은 한국 영화계 발전에 기여한 개인 및 단체에게 수여한 상이다.

〈수정 예〉 이번 특별상은 한국 영화계 발전에 기여한 개인 및 단체에게 수여하는 **것**이다.

⑩ 자연 현상은 과학적인 측면, 심리적인 측면, 논리적인 측면 등과 같이 다양한 방향에서 파악 가능한 것이므로, 보는 방향에 따라 다양한 결

론이 도출될 수 있다.

〈수정 예〉 자연 현상은 과학적, 심리적, 논리적인 측면 등에서 파악**할 수 있으므로**, 보는 **각도**에 따라 다양한 결론이 도출될 수 있다.

⑪ 떠나간 첫사랑을 그리워하는 것은 속절없는 일이 아닐 수 없다.

〈수정 예〉 떠나간 첫사랑을 그리워하는 것은 **속절없는 일이다**.

⑫ 되는 것을 아는 것도 필요하지만 안 되는 것을 왜 안 되는지 아는 것도 필요하다.

〈수정 예〉 **되는 것과 안 되는 것을 아는 것은 필요하다**.

⑬ 음식의 기능 중 가장 중요한 기능은 신체 활동 유지 기능이다.

〈수정 예〉 **음식의 가장 중요한 기능은** 신체 활동 유지이다.

⑭ 나는 너를 믿어 의심치 않는다.

〈수정 예〉 **나는 너를 믿는다**.

⑮ 나는 그 소녀를 잘 알고 있지 못하다.

〈수정 예〉 나는 **그 소녀를 잘 모른다**.

⑯ 갈 길이 멀다. 우리부터 먼저 출발하자.

〈수정 예〉 갈 길이 멀다. **우리부터 출발하자**.

⑰ 간부는 능동적이고 자발적으로 행동해야 한다.

〈수정 예〉 간부는 **능동적으로 행동해야 한다**.

⑱ 과거 전력을 들추는 것은 비겁한 일이다.

〈수정 예〉 **과거를 들추는 것은** 비겁한 일이다.

⑲ 그녀는 앞으로 그녀가 무엇을 할 것인가 하는 미래의 계획을 세웠다.

〈수정 예〉 **그녀는 계획을 세웠다**.

⑳ 무엇보다도 가장 중요한 것은 건강이다.

〈수정 예〉 **무엇보다 중요한 것은** 건강이다.

㉑ 이 자리에 있는 사람 모두 다 명심하기 바란다.

〈수정 예〉 **이 자리에 있는 사람은** 명심하기 바란다.

㉒ 네 말은 거의 공상에 가깝다.

〈수정 예〉 네 말은 **거의 공상이다**.

㉓ 이번 방학에는 무슨 일이 있어도 반드시 이 책을 읽고야 말겠다.

〈수정 예〉 이번 방학에는 **반드시 이 책을 읽겠다**.

㉔ 서울이 하루가 다르게 급변하는 모습을 보니 놀랍다.

〈수정 예〉 서울이 **급변하는 모습을 보니** 놀랍다.

㉕ 이번 행사 장소를 미리 예약해라.

〈수정 예〉 이번 **행사 장소를 예약**해라.

㉖ 회칙에 명시되어 있지 않은 사안은 일반 관례에 따르기로 최종적으로 합의를 했다.

〈수정 예〉 회칙에 명시되어 있지 않은 사안은 **일반 관례에 따르기로 했다**.

㉗ 거짓말도 그럴듯하고 자연스럽게 해야 한다.

〈수정 예〉 거짓말도 **그럴듯하게 해야 한다**.

㉘ 우리가 자랑스러운 한민족임을 잠시라도 잊거나 망각해서는 안 된다.

〈수정 예〉 우리가 자랑스러운 한민족임을 **잠시라도 잊어서는 안 된다**.

2-2. 같은 의미의 반복(겹말)

같은 의미를 반복하는 행위도 문장을 해치는 사례에 해당한다. 우리가 같은 의미를 반복하는 것은 오래전부터 사용하여 이미 익

숙해졌거나 원어(한자어 등)의 의미를 잘 모르는 것에서 비롯된다. 족발, 역전앞, 철교다리, 모래사장 등이 겹말의 대표적인 예이다. 겹말은 '첩어(疊語)' 또는 '이중 표현'이라고도 하는데, 이 중에는 습관적으로 쓰다가 굳어진 말들이 많다.

겹말은 주로 한자나 외국어와 순우리말이 조합된 경우가 많다. 굳이 뜻이 통하지 않는 외국어나 한자말로 이름을 붙인 다음, 여기에 다시 우리말로 토를 다는 식이다. 겹말에 해당하는 한자말을 없애면 뜻이 살아난다. 같은 의미의 반복을 피하기 위해서는 원어를 정확히 인식하고 겹말이 없는지 면밀하게 살피는 습관을 가져야 한다.

예문

① 멀리 보이는 초가집에서 밥 짓는 연기가 모락모락 하늘로 올라간다.

〈수정 예〉 멀리 보이는 초가에서 밥 짓는 연기가 모락모락 하늘로 올라간다.

② 이 문서에는 여러 가지 잡다한 것들이 많이 기록되어 있다.

〈수정 예〉 이 문서에는 여러 가지가 기록되어 있다.

③ 사기꾼에게 피해를 당했다.

〈수정 예〉 사기꾼에게 사기를 당했다.

④ 세상이 위험하니 어두운 밤길에 다니지 말고 밝은 대낮에 다녀라.

〈수정 예〉 세상이 위험하니 밤길에 다니지 말고 대낮에 다녀라.

⑤ 네 불만을 겉으로 표출하지 마라.

〈수정 예〉 네 불만을 표출하지 마라.

⑥ 그 청년, 겉보기에 인상이 참 좋더라.

　〈수정 예〉 그 청년, 인상이 참 좋더라.

⑦ 국가는 사회악을 완전히 근절해야 합니다.

　〈수정 예〉 국가는 사회악을 근절해야 합니다.

⑧ 가장 최선의 방법이 무엇인지 찾아보시오.

　〈수정 예〉 최선의 방법이 무엇인지 찾아보시오.

⑨ 개인적인 사견을 말씀드리겠습니다.

　〈수정 예〉 개인적인 의견을 말씀드리겠습니다.

⑩ 이번 사건은 날조된 조작극입니다.

　〈수정 예〉 이번 사건은 조작되었습니다.

⑪ 입 · 출입 시 문을 꼭 닫아주세요.

　〈수정 예〉 출입 시 문을 꼭 닫아주세요.

⑫ 이곳에서는 금연을 금지합니다.

　〈수정 예〉 이곳에서는 흡연이 금지되어 있습니다.

⑬ 그 문제는 객관적(주관적)으로 바라볼 필요가 있어.

　〈수정 예〉 그 문제는 객관적(주관적)으로 생각할 필요가 있어.

⑭ 화석화(化石化)된 제도로 끝날 공산이 크다.

　〈수정 예〉 형식적인 제도로 끝날 공산이 크다.

⑮ 대강의 개요를 살펴보자.

　〈수정 예〉 대강의 내용을 살펴보자.

⑯ 곰곰이 너의 지나온 과거를 돌이켜봐라.

　〈수정 예〉 곰곰이 너의 과거를 돌이켜봐라.

다음은 우리 주변에서 발견되고 있는 동의 반복의 예를 정리한
것이다. 다만 **족발, 처갓집, 외갓집, 온종일**은 겹말임에도 표준어로
인정되어 국어사전에도 올라 있다. 이 말을 제외한 다른 말들은 겹
말에 해당하므로 오용하지 말아야 할 것이다. 다음은 겹말의 예이
다. 독자의 이해를 돕기 위해 필요한 경우, 한자를 함께 표기하였다.

겹말의 예

국화꽃(菊花+꽃)	나홀로 독수공방(獨守空房)
가까이 접근(接近)하다	호피(虎皮) 가죽
힘든 노동(勞動)	현재(現在) 재학(在學) 중(中)
화물(貨物) 트럭(Truck, 화물 자동차)	**하얀** 백발(白髮)
현안(懸案) 문제	허다(許多)하게 **많다**
해변(海邊) **가**	꿈을 해몽(解夢)하다.
차가운 냉기(冷氣)	황토(黃土) 흙
LPG(Liquefied Petroleum Gas) 가스	**가까이** 접근(接近)하다
고목(古木) 나무	역전(驛前) 앞
공기를 환기시키다	**같은** 동갑
구전으로 전해지다	**겪은** 경험(經驗)
죽은 시체	결실(結實)을 맺다
즉, 다시 말해서	계속 속출(續出)하다
지나가는 과객(過客)이오	넓은 광장(廣場)
차에 승차(乘車)하세요	**남은** 여생(餘生)
같은 동포(同胞)	죽음을 각오하고 **결사**적(決死的)으로 싸웠다

주일(主日) 날	널리 보급되다
접수(接受) 받다	일찍이 조실부모(早失父母)하다
그때 당시	좋은 호평(好評)
잘못으로 오인(誤認)하다	자매결연(姉妹結緣)을 맺다
자리에 착석(着席)하다	인생살이
돈을 송금하다	함성(喊聲) 소리
맛을 음미하며 맛있게 먹었다	책을 읽고 느낀 소감
봉변(逢變)을 당하다	굉음(轟音) 소리
대강 어림잡아	공해에 대한 대응책
매일(每日)마다	인구수는
기간동안에	사람명수가
가끔씩은	이따금씩
금발(金髮)의 머리털	형극(荊棘)의 가시밭길
현미쌀	이름난 명산
허송세월을 보냈다	탈꼴찌에서 벗어나
파편 조각	증조할아버지
투고한 원고	큰 대문
긴 장대	피해를 입다
한옥 집	농번기 철
철로길	김장 담그다
처음부터 초지일관(初志一貫)하다	뇌리 속
해결하기 어려운 난제	난생 처음
과반수 이상	필요한 필수품
지나간 과거	푸른 창공

하얀 백자	판이하게 다르다
크게 대로하다	축구를 차다
청천 하늘에 날벼락	천도복숭아
저무는 세모	처음 시작하다
집에서 가출하다	지프 차
음모를 꾸미다	유산을 물려주다
연휴가 계속되다	우방 국가
영업용 택시	완전히 전멸했다
유기그릇	왼쪽으로 좌회전하세요
완두콩	똑바로 직진하세요
역사적 사료	올해 나온 햅쌀
아직 상존하다	아픈 통증
매 순간마다	떨어지는 낙엽
어려운 난관을 뚫고	근거 없는 낭설
우리 아군(我軍)은 죽기를 각오하고 싸웠다	미리 예습을 하는 것이 좋을 것 같다
우리가 살던 집은 한옥이었다	범행을 저지르다
벌레 살충제를 뿌리다	새로 개발한 신제품
타고난 선천적 재능	남쪽 방향
지나치게 남용하다	민족 고유의 전통 문화
차갑고 냉담한 반응	쉽게 보아 넘길 수 없는 심각한 수준
상가집	아침부터 저녁까지 하루종일
반드시 갖추어야 할 필수적인 요소	동해(서해, 황해) 바다
짜인 각본	맡은 바 직무
가로수(街路樹) 나무	가죽 혁대(革帶)

12월달	12일날
옥상 위	내면 속
농사일	포승(捕繩)줄
전기 누전(漏電)	취재진들
홍시감	과정속에서
근래들어	모래사장(-沙場)
속내의	약수(弱水)물
책을 읽는 독자	머리를 삭발하다
작품을 출품하다	비축해 두다
공감을 느끼다	관찰해 보다
이런 견지에서 본다면	관점에서 보면
수입해 들여오다	수확을 거두다
집에 귀가하다	둘로 양분하다
늘 상비하다	회사에 입사하다
먼저 선취점을 얻다	스스로 자각하다
서로 상의하다	탁구치다
사랑하는 애인	새로 신설하다
만나서 면담하다	시험에 응시하다
서울로 상경하다	오랜 숙원
다시 재론하다	호시탐탐 노리다
아쉽게도 석패(惜敗)했다	박수(拍手)를 치다

2-3. 같은 문법 요소의 반복

문장을 읽다 보면 한 문장 안에서 똑같은 조사나 연결 어미 등이 반복되는 경우를 종종 볼 수 있다. 특별한 이유 없이 한 문장 안에 동일한 단어를 반복하는 것을 피해야 하듯 동일한 문법 요소를 반복하여 사용하는 것도 피해야 한다. 이는 우리말이 같은 말을 반복하더라도 별 문제가 없다는 것에 그 원인이 있다. 뜻 자체는 통하기 때문이다.

하지만 글을 읽는 이의 입장에서는 어색하다. 반복되는 문법 요소가 많으면 문장이 길을 잃기 쉽고, 문장의 자연스러운 흐름을 방해한다. 우리말에서 이러한 반복 경향은 '은/는/이/가'와 같은 주어, '을/를'과 같은 목적격 조사, '~의'와 같은 관형격 조사, '~를'과 같은 복수형 접미사, '~도'와 같은 보조사, '~(으)로'와 같은 부사격 조사가 들어간 문장에서 쉽게 찾을 수 있다.

예문

① 영희는 철수는 반드시 이 자리에 나타날 것이라고 믿는다.

〈수정 예〉 영희는 철수**가** 반드시 이 자리에 나타날 것이라고 믿는다.

② 오늘날 환경 문제가 심각한 문제가 되고 있다.

〈수정 예〉 오늘날 환경 문제가 **심각해지고 있다**.

③ 도둑이 경찰이 쫓아오자 담을 넘어 도망갔다.

〈수정 예〉 도둑**은** 경찰이 쫓아오자 담을 넘어 도망갔다.

---

④ 나는 학교에 가서 매점에 갔다.

　〈수정 예〉 나는 학교에 **있는** 매점에 갔다.

⑤ 내가 이렇게 건강한 것은 모두 어머님 덕분으로 생각한다.

　〈수정 예〉 내가 이렇게 건강한 것은 모두 어머님 덕분**이라고** 생각한다.

⑥ 스승의 날을 맞아 초등학교 때 나를 지도해주신 은사님께 작은 선물
　을 보냈다.

　〈수정 예〉 스승의 날을 맞아 **초등학교 은사님께** 작은 선물을 보냈다.

⑦ 경찰에서는 가정집에 침입한 강도를 격투 끝에 붙잡은 이 군에게 모
　범 시민상을 수여하기로 했다.

　〈수정 예〉 경찰은 가정집에 침입한 강도를 격투 끝에 붙잡은 이 군을
　모범 시민으로 선정했다.

⑧ 지수는 배가 아파 엎드린 자세로 양호실로 달려갔다.

　〈수정 예〉 지수는 **아픈 배를 안고** 양호실로 달려갔다.

⑨ 그는 눈의 구조를 착안하여 카메라의 렌즈를 발명했다.

　〈수정 예〉 그는 눈의 **구조에** 착안하여 카메라의 렌즈를 발명했다.

⑩ 학교에서는 그 학생을 표창을 했다.

　〈수정 예〉 학교에서는 그 학생**에게** 표창을 했다.

⑪ 도둑이 제발이 저린다.

　〈수정 예〉 도둑이 **제발** 저린다.

⑫ 내 친구들도 순수하고도 명랑한 이 아이를 사랑한다.

　〈수정 예〉 내 **친구들은** 순수하고도 명랑한 이 아이를 사랑한다.

⑬ 나는 자리에서 벌떡 일어나 그 아이 쪽으로 걸어가서 사탕을 내밀었다.

　〈수정 예〉 나는 자리에서 벌떡 일어나 **그 아이 쪽으로 걸어간 다음**,
　사탕을 내밀었다.

⑭ 많은 업체들이 중국 시장을 선점하기 위해 치열한 경쟁을 벌이고 있다.

〈수정 예〉 많은 **업체가** 중국 시장을 선점하기 위해 치열한 경쟁을 벌이고 있다.

⑮ 내가 사는 동네에는 많은 선술집들이 즐비하고 저녁마다 술을 마시려는 사람들로 북새통을 이룬다.

〈수정 예〉 내가 사는 동네에는 많은 선술집이 즐비하고 저녁마다 술을 마시려는 **사람으로** 북새통을 이룬다.

⑯ 경찰이 종로 네거리에서 열린 노동자대회에서 최루탄을 쏘았다.

〈수정 예〉 경찰이 **종로 노동자대회에서** 최루탄을 쏘았다.

⑰ 대부분의 사람들은 우리나라가 곧 선진국의 대열에 합류할 것이라고 굳게 믿고 있다.

〈수정 예〉 **사람들은 대부분** 우리나라가 곧 선진국의 대열에 합류할 것이라고 굳게 믿고 있다.

⑱ 영업의 활성화를 위해 부서 간의 협조가 절실히 필요한 상황이다.

〈수정 예〉 영업 활성화를 위해 **부서 간** 협조가 절실히 필요한 상황이다.

⑲ 사회는 모든 요소가 조화를 이루는 가운데 발전을 해 나간다.

〈수정 예〉 사회는 모든 요소가 조화를 이루는 가운데 **발전해** 나간다.

⑳ 인간의 가장 두드러진 특징 중의 하나는 재물에의 욕구이다.

〈수정 예〉 재물에 대한 욕구는 **인간의 기본적인 욕구 중 하나다.**

불필요한 꼬리는 잘라라

"사람 말은 끝까지 들어 봐야 알 수 있다."라는 말이 있다. 문장도 마찬가지다. 우리말의 앞쪽에는 원인, 배경 등이 오는 경우가 많고, 뒤쪽에는 결론이 오는 경우가 많기 때문에 문장을 끝까지 읽어보지 않으면 글쓴이가 무슨 말을 하고 있는지 알 수 없는 경우가 많다. 불필요한 문장을 잘라내면 문장을 짧게 쓸 수 있을 뿐만 아니라 의미도 쉽게 전달할 수 있다. 없어도 뜻이 통한다면 굳이 길게 쓸 이유가 없다. 다음은 불필요한 문장의 예를 든 것이다. 이 밖에 다른 문장을 찾아 정리해보자.

① 거짓이라고 말할 수 있다.
〈수정 예〉 거짓이다.
② 거짓이라고 보는 것이 좋을 것이다.
〈수정 예〉 거짓이라고 본다.

③ 심각한 결과를 낳은 셈이다.

　〈수정 예〉 심각한 결과를 낳았다.

④ 친절할 것 같지 않다.

　〈수정 예〉 친절하지 않다.

⑤ 말할 수 없다고 아니할 수 없다.

　〈수정 예〉 말할 수 없다.

⑥ 너무 늦었다고 생각한다.

　〈수정 예〉 너무 늦었을 것이다.

⑦ 훌륭한 청년이라고 알려져 있다.

　〈수정 예〉 훌륭한 청년이라고 알려졌다.

⑧ 띄어쓰기에 대해 살펴보기로 하자.

　〈수정 예〉 띄어쓰기에 대해 살펴보자.

⑨ 실패하게 되고 만다.

　〈수정 예〉 실패하게 된다.

예문

① 사업의 성패를 좌우하는 핵심 요소는 다름 아닌 '영업력'임을 알 수 있다.
　〈수정 예〉 사업의 성패를 좌우하는 핵심 요소는 **'영업력'이다**.
② 나는 너를 기억하고 있다.
　〈수정 예〉 나는 너를 기억한다.
③ 현재 등록된 ○○업체 가운데 10명 이상의 연구원을 보유한 곳은 4개 뿐이고, 나머지 업체는 영세한 판매상에 불과한 실정이다.

〈수정 예〉 현재 등록된 ○○업체 가운데 10명 이상의 연구원을 보유한 곳은 4개뿐이고, 나머지 업체는 영세한 판매상에 **불과하다**.

④ 실로 어처구니없는 일이 아닐 수 없다.

〈수정 예〉 실로 어처구니없는 **일이다**.

⑤ 그녀를 알게 되면 사랑하지 않을 수 없다.

〈수정 예〉 그녀는 **사랑스러운 여자다**.

⑥ 지붕에는 횡으로 점토 띠를 가로질러 새끼줄로 이엉을 얽어 맨 모양을 하고 있다.

〈수정 예〉 지붕은 횡으로 점토 띠를 가로질러 새끼줄로 이엉을 **얽어 맨 모양이다**.

⑦ 사랑은 천 가지 냄새와 천 가지 모양을 지니고 있다.

〈수정 예〉 사랑은 **천 가지 냄새와 모양을** 지니고 있다.

⑧ 이와 같은 사례는 팥은 붉은 색이고, 잡귀는 붉은 색을 싫어한다는 데 기인한다.

〈수정 예〉 이는 팥이 붉은 색이고, 잡귀가 붉은 색을 **싫어한다는 것에서 비롯된다**.

⑨ 그의 인격은 욕심을 부리지 않는 데서 말미암은 것이다.

〈수정 예〉 그의 인격은 욕심을 **부리지 않는 데 있다**.

⑩ ○○○은 이러한 음력 날짜의 표기 오류를 시중에 유통되고 있는 일부 비공식적 만세력 자료를 이용해 프로그램을 제작한 데서 빚어진 것이다.

〈수정 예〉 ○○○은 **일부 비공식적 만세력 자료를 이용한 프로그램에서 비롯되었다**.

⑪ 최근 들어 양쪽 뺨이나 몸에 붉은 발진이 생기는 '전염성 홍반'이 크게 급증하고 있어 보건당국의 우려를 자아내고 있다.

〈수정 예〉 최근 들어 양쪽 뺨이나 몸에 붉은 발진이 생기는 '전염성 홍반'이 크게 급증하고 있어 **보건당국이 긴장하고 있다**.

⑫ 생각은 무한한 가능성을 가지고 있다.

　〈수정 예〉 생각에는 무한한 **가능성이 있다**.

⑬ 추가 수수료를 지불하지 않으면 안 된다.

　〈수정 예〉 추가 수수료를 **지불해야 한다**.

⑭ 임대 아파트 주민들을 대상으로 무료 건강 검진을 실시하였다.

　〈수정 예〉 임대 아파트 주민들을 대상으로 무료 건강 검진이 **실시되었다**.

⑮ 남과 북이 협상을 벌이다.

　〈수정 예〉 남과 북이 **협상했다**.

⑯ 약속을 지키기 위하여 최선의 노력을 경주하고 있습니다.

　〈수정 예〉 약속을 지키기 위해 **최선을 다하고 있습니다**.

⑰ 올바른 표현에 관심을 기울이다.

　〈수정 예〉 올바른 표현에 **관심을 가지다**.

⑱ 우리나라의 출산율은 점차 감소하는 추세에 있다.

　〈수정 예〉 우리나라의 출산율은 점차 **감소하고 있다**.

⑲ 학생들을 상대로 강의를 해야 하는 상황에 처해 있다.

　〈수정 예〉 학생들을 상대로 **강의를 해야 한다**.

⑳ 어떠한 선택도 만족스럽지 못한 결과를 가져왔다.

　〈수정 예〉 어떠한 선택도 **만족스럽지 못했다**.

㉑ 낙농은 사람과 오랜 역사를 함께 해 온 산업 중의 한 가지라 하겠다.

　〈수정 예〉 낙농은 사람과 오랜 역사를 함께 해 온 **산업 중 하나다**.

㉒ 사용자의 취향에 따라 개성이 강한 재질과 형태를 가지고 있다.

〈수정 예〉사용자의 취향에 따라 개성이 강한 재질과 **형태가 있다.**

㉓ 환경오염으로 강이 죽어가고 있다.

〈수정 예〉환경오염으로 **강이 죽어간다.**

㉔ 우리의 계획이 착착 진행되어 가고 있다.

〈수정 예〉우리의 계획이 **잘 진행되고 있다.**

㉕ 하(夏)나라나 은(殷)나라를 섬기는 주변의 부족 국가의 수장(首長)을 제후(諸侯)라고 했던 것이다.

〈수정 예〉하(夏)나라나 은(殷)나라를 섬기는 주변 부족 국가의 수장 **(首長)을 제후(諸侯)라고 했다.**

㉖ 높이나 너비의 비율이 거의 일대일을 이룸으로써 균형 잡힌 비례 감각을 보여주고 있다.

〈수정 예〉높이나 너비의 비율이 거의 일대일을 이루어 균형 잡힌 **비례 감각을 보여준다.**

㉗ 우수한 인재 확보가 관건이라는 사실을 역사는 말해주고 있다.

〈수정 예〉역사는 우수한 인재 확보가 관건이라는 사실을 **말해준다.**

4 수식어를 줄여라

　사람들은 대부분 자신의 글을 강조하기 위해 '아주', '상당히', '매우' 등과 같은 수식어를 습관적으로 사용한다. 하지만 수식어를 많이 사용한다고 해서 문장이 강조되지 않는다는 것에 문제가 있다. 문장을 읽는 데 불편함을 느끼고, 내용을 이해하는 데도 방해가 된다면 굳이 수식어를 사용할 이유가 없다. 최소한의 수식어만 활용해도 자신이 하고자 하는 말을 전달할 수 있다.

　수식어를 지나치게 사용하면 글이 산만해지고, 명료성이 떨어지며, 내용의 객관성과 신뢰도를 떨어뜨리는 요소로 작용하기도 한다.

예문

① 통발을 들어 올려 보니 팔뚝만한 물고기가 무려 다섯 마리나 들어 있었다.

〈수정 예〉 통발을 들어 올려 보니 **큰 물고기가** 다섯 마리 들어 있었다.

---

② 학생을 가르쳐야 하는 선생님이라면 실로 많은 여러 분야의 지식을 갖추어야 한다.

〈수정 예〉 학생을 가르쳐야 하는 **선생님은 여러** 분야의 지식을 골고루 갖추어야 한다.

③ 오늘은 상견례가 있는 날이니 가능한 한 늦지 않도록 해라.

〈수정 예〉 오늘은 상견례가 있는 **날이니 늦지** 않도록 해라.

④ 오늘 디너쇼에는 상당히 많은 사람들이 운집하였다.

〈수정 예〉 오늘 **디너쇼에는 많은** 사람들이 모였다.

⑤ 생각할수록 여러 가지가 마음에 걸려 실로 걱정이 아닐 수 없다.

〈수정 예〉 생각할수록 여러 가지가 마음에 **걸려 걱정이다**.

⑥ 상당히 많은 술을 마셨는데 두 사람 모두 취하지 않았다.

〈수정 예〉 **많은 술을** 마셨는데 두 사람 모두 취하지 않았다.

⑦ 그는 미남은 아니지만 상당히 매력적인 남자다.

〈수정 예〉 그는 미남은 아니지만 **매력적이다**.

⑧ 이것은 실로 어마어마한 분량이다.

〈수정 예〉 **이것은 어마어마한** 분량이다.

⑨ 사회가 발전함에 따라 범죄도 상당히 지능화하는 추세다.

〈수정 예〉 사회가 발전함에 따라 **범죄도 지능화하고** 있다.

⑩ 고향땅을 밟은 지 무려 10년이 흘렀다. 어서 빨리 고향에 가고 싶다. 고향 가는 기차도 내 마음을 하는지 미친 듯이 빨리 달리고 있다.

〈수정 예〉 고향땅을 **밟은 지 10년이** 흘렀다. 어서 빨리 고향에 가고 싶다. 고향 가는 기차도 내 마음을 아는지 미친 듯이 빨리 달리고 있다.

⑪ 중학생이 이 일을 한다는 것은 극히 어려운 일이다.

〈수정 예〉 중학생이 이 일을 한다는 **것은 어렵다**.

⑫ 어제 그 일은 나의 기분을 몹시 상하게 만들었다.

　〈수정 예〉어제 그 일은 나의 **기분을 상하게** 만들었다.

⑬ 어젯밤에 술을 꽤 많이 마신 모양이네.

　〈수정 예〉어젯밤에 **술을 많이** 마신 모양이네.

⑭ 실로 기가 막히는 일이었으나 그는 오히려 기뻐했다.

　〈수정 예〉**기가** 막혔지만 그는 오히려 기뻐했다.

⑮ 그 일은 그녀에게 있어 실로 엄청난 충격이었다.

　〈수정 예〉그 일은 그녀에게 **있어 엄청난** 충격이었다.

⑯ 중학생에게는 상당히 어려운 문제다.

　〈수정 예〉**중학생에게는 어려운** 문제다.

⑰ 형은 내가 '형의 의사대로 법관이 되지 않을 것'이라는 말에 상당히 기분이 상한 것 같았다.

　〈수정 예〉형은 내가 '형의 의사대로 법관이 되지 않을 것'이라는 **말에 기분이** 상한 것 같았다.

⑱ 그는 매우 착하다.

　〈수정 예〉**그는 착하다**.

⑲ 한글은 매우 독창적이고 과학적으로 만들어졌다.

　〈수정 예〉한글은 **독창적이고** 과학적이다.

⑳ 그는 해외로 출장을 매우 자주 다닌다.

　〈수정 예〉그는 해외로 **출장을 자주** 다닌다.

수식어는 '꾸미는 말'이고, 피수식어는 '꾸밈을 받는 말'이다. 수식어에는 관형어와 부사어가 있다. 관형어는 체언적인 요소를 꾸미는 문장 성분이고, 부사어는 용언적인 요소를 꾸미는 문장 성분이다.

【표】 관형어와 부사어

종류	설명	예
관형어	관형사	헌 옷, 세 사람, 이 친구
	체언+-의	자식으로서의 도리, 신록(의) 푸르름
	용언+관형형 어미(-은, -을)	파란 하늘, 영희가 먹을 빵
부사어	부사	매우 뜨겁다. 빨리 떠나자
	체언+부사격 조사(-에, -에서, -에게, -로)	학원에 갔다, 나무로 지은 집
	용언+관형형 어미(-은, -을)	신나게 놀아보자, 그 녀석 참 이상하게 생겼다.

이와 같이 관형어와 부사어는 문장의 필수 성분이 아니라 부속 성분이기 때문에 이들 수식어가 없어도 문장은 성립한다. 하지만 모든 문장을 필수 성분으로만 구성할 수는 없다. 내용을 전달하는 측면에서는 부족한 면이 있기 때문이다. 다음 문장을 읽어보자.

① 영희는 바나나를 먹는다.
② 바나나는 노랗다.

①과 ②는 논리적으로 문제가 없다. 그런데 문장이 무미건조하다. 이 문

장을 다음과 같이 고쳐보자.

③ 영희는 노란 바나나를 먹는다.

①과 ②를 합침으로써 글맛이 살아나고, 문장 전달력이 높아졌다.

결국 수식어를 사용할 때는 그것이 많으냐, 적으냐가 아니라 수식어와 피수식어가 얼마나 잘 어울리는가에 중점을 두어 생각하는 것이 합리적이다.

5 한 문장에는
한 가지 내용만 담아라

뷔페에 가면 여러 가지 맛있는 음식을 한꺼번에 먹을 수 있다. 뷔페에서는 음식을 담을 때 큰 접시 하나만을 사용한다. 그러다 보니 여러 가지 음식이 한 접시에 담기게 된다. 많이 먹을 욕심에 이것저것 접시에 담게 되면 음식이 섞여 맛도 이상해지고, 보기에도 좋지 않다. 현명한 사람은 적은 양을 자주 가져다 먹는다. 그래야만 여러 가지 음식을 천천히, 다양하게 즐길 수 있다.

문장도 마찬가지다. 많이 쓰고 싶은 욕심에, 아는 체할 욕심에 한 문장에 많은 내용을 담게 되면 정확한 의미를 전달할 수 없게 된다. 한 문장에 많은 내용을 집어넣으려 하지 말고, 오로지 한 가지 메시지만 전달한다는 생각으로 짧게 끊어 쓰는 것이 바람직하다.

한 문장에 한 가지 내용을 담아야 한다는 것을 '일사일문의 원칙'이라고 한다. 일사일문의 원칙을 한자로 표현하면 '一事一文', '一思一文'이라 할 수 있다. 즉, 한 문장에는 한 가지 사실 또는 한 가지 생각만 담으라는 것이다. 어떤 문장을 처음 읽었을 때 무슨 뜻인지 몰라 다시 한 번 읽게 된다면 결코 좋은 문장, 간결한 문장이라 할 수 없다.

그렇다면 어떻게 해야 한 문장에 한 가지 내용만을 담을 수 있을까? 그 비결은 바로 한 문장에 한 개씩의 주어와 서술어를 사용하는 것이다. 다음 문장을 읽어보자.

예문

① 나는 우리 학급의 반장으로서 이번 주 금요일 학급 환경 미화 평가에서 좋은 성적을 받아 학급의 위상을 높이기 위해 많은 노력을 했고, 어제는 환경 미화에 필요한 준비물을 사기 위해 엄마와 함께 마트에 다녀오느라 학원에도 지각하고, "다른 아이들은 환경 미화에 신경을 쓰지 않는데 왜 너만 준비를 하느냐?"라며 야단을 치시는 엄마에게 말대꾸를 했다가 꾸중을 들었다.

〈수정 예〉 나는 우리 학급의 반장이다. 이번 주 금요일에는 학급 환경 미화 평가가 있을 예정이다. 이번 평가에서 좋은 성적을 받으면 학급의 위상이 한층 높아질 것이다. 그래서 나는 열심히 준비했다. 학급 환경 미화 준비를 하느라 학원에 지각을 하기도 했지만 마음만은 즐거웠다. 엄마는 "다른 아이들은 환경 미화에 신경을 쓰지 않는데 왜 너만 준비를 하느냐?"라고 하시면서 야단을 치셨다. 하지만 나는 내맡은 역할을 다하는 것이라고 생각하기 때문에 엄마의 꾸중이 야속하지 않다.

② 이번 정부에서는 경제 안정 기조를 조성하기 위한 재정 및 통화 정책이 실시될 것으로 보이는데, 그 이유는 투자 심리 위축 및 엔고 하락으로 인한 양적 확대의 둔화로 경제 성장률이 2%대로 하락할 전망이기 때문이다.

〈수정 예〉 최근 들어 투자 심리 위축 및 엔고 하락으로 인한 양적 확대가 둔화되고 있다. 그 영향을 받아 경제 성장률이 2%대로 하락할 전망이다. 이에 정부에서는 경제 안정 기조를 조성하기 위해 재정 및 통화 정책을 실시할 예정이다.

문체란 작가의 사상이나 감정을 효과적으로 나타낸 개성적인 표현을 말한다. 문체의 종류는 다음과 같다.

(1) **간결체** : 문장을 짧게 끊어 함축성 있게 표현한 문체를 말한다. 간결하고 쉬워 전달력이 있지만 무미건조하다는 단점이 있다. 이 밖에 단순하며, 직설적이라는 특징이 있다. 만연체의 반대말이다.

㉑ 오늘은 날씨가 맑다. 기분이 좋다.

(2) **만연체** : 섬세한 감정을 자세하게 표현하여 문장을 길게 쓴 문체를 말한다. 간결체의 반대말이다.

㉑ 눈보라가 몰아치는 겨울이 오니, 추위 때문에 몸이 떨렸고, 어쩔 수 없이 땔감을 구하러 산에 올랐다.

(3) **강건체** : 말하는 투가 굳세고 강하여 호소력이 느껴지는 문체를 말한다. 연설문에 많이 사용한다. 우유체의 반대말이다.

㉑ 청춘은 황금 시대다. 우리는 이 황금 시대의 가치를 충분히 발휘하기 위하여, 이 황금 시대를 영원히 붙잡아 두기 위하여 힘차게 노래하며 힘차게 약동하자(민태원, 〈청춘예찬〉)

(4) **우유체** : 말하는 투가 부드럽고 온화하여 다정하게 느껴지는 문체를 말한다. 문학 작품(특히 동화)에 많이 사용한다. 강건체의 반대말이다.

㉑ 우리가 수목에서 받는 이 형언할 수 없는 그윽한 기쁨과 즐거움과 위안과 그리고 마음의 안정은 어디서 연유하여 오는 것일까?(김동리, 〈수목송〉)

(5) **화려체** : 아름다운 말과 음악적인 리듬, 색채감 등 여러 가지 표현 방법과 꾸미는 말을 사용하여 글을 화려하게 쓴 문체를 말한다. 건조체의 반대말이다.

ⓔ 보라, 청춘을! 그들의 몸이 얼마나 튼튼하며, 그들의 피부가 얼마나 생생하며, 그들의 눈에 무엇이 따오르고 있는가?(민태원, 〈청춘 예찬〉)

(6) 건조체 : 문장에서 꾸미는 말을 없애고, 전달하려는 내용만을 쓴 문체를 말한다. 설명문에 많이 사용한다.

(7) 문어체 : 일상의 대화에서는 잘 쓰이지 않고, 글에서만 쓰이는 점잖고 예스러운 문체를 말한다.

(8) 구어체 : 일상생활에서 사용하는 말을 그대로 문장에 사용한 문체를 말한다. 현대 문학에 많이 사용한다.

6 지시어를 줄여라

지시어란, 앞에서 나온 말을 뒤에서 다른 말로 받는 것을 말한다. 우리말의 대표적인 지시어로는 '이', '그', '저' 등이 있다. 문장에서 반드시 필요한 경우도 있지만, 대상이 분명하지 않은 경우에는 되도록 사용하지 않은 것이 바람직하다. 또한 지시어를 자주 쓰면 단순히 뜻만 모호해지는 것이 아니라 대상이 명확한 경우에도 혼란을 주게 된다.

예문

① 홍어는 결혼식과 같은 큰 잔치 때나 맛볼 수 있었던, 그런 음식이었다.

　〈수정 예〉 홍어는 결혼식과 같은 큰 잔치 때나 맛볼 수 **있었던 음식**이었다.

② 예수, 그는 인류의 구원자이다.

　〈수정 예〉 **예수는** 인류의 구원자이다.

③ 계획을 세웠으면 반드시 실천하겠다는, 그런 용기가 필요하다.

〈수정 예〉 계획을 세웠으면 반드시 **실천하겠다는 용기가** 필요하다.

④ 한국의 반도체 산업이 일본의 그것에 비해 경쟁력이 강하다.

〈수정 예〉 한국의 반도체 산업이 **일본에 비해** 경쟁력이 강하다.

⑤ 만약 내가 그런 상황에 놓인다면 나는 전자보다 후자를 택할 것이다.

〈수정 예〉 만약 내가 그런 상황에 놓인다면 나는 **진학보다 취업을** 택할 것이다.

⑥ 교육에 기여한 바가 크므로, 이에 감사패를 드립니다.

〈수정 예〉 교육에 기여한 바가 **크므로 감사패를** 드립니다.

⑦ 도시 교통은 세 가지 문제점을 안고 있는데, 소통난, 승차난, 주차난이 바로 그것이다.

〈수정 예〉 도시 교통은 소통난, 승차난, 주차난의 세 가지 문제점을 안고 있다.

⑧ 처음에는 당황해서 이리로 가야 하나, 저리로 가야 하나 우왕좌왕했다.

〈수정 예〉 처음에는 당황해서 **학교로** 가야 하나, **집으로** 가야 하나 우왕좌왕했다.

⑨ 그는 그가 그녀를 짝사랑한다는 사실에 놀랐다.

〈수정 예〉 **철수는 영철**이가 **순희**를 짝사랑한다는 사실에 놀랐다.

7 접미사를 줄여라

7-1. 복수 접미사 '-들'

우리가 평소 접하는 문장 중에는 문장 속에 이미 복수라는 것이 표현되어 있는데도 복수 접미사인 '-들'을 붙여 쓰는 경우를 심심 치 않게 찾아볼 수 있다. 복수라고 해서 무조건 '-들'을 붙이는 것 은 영어의 영향이 크다. 앞뒤의 흐름을 보아 복수임을 알 수 있다면 과감히 없애자.

예문

① 우리가 사는 뒷골목에는 술집들이 늘어서 있다.

〈수정 예〉 우리가 사는 뒷골목에는 **술집이** 늘어서 있다.

② 우리 주변에는 무서운 사건들이 많이 벌어지고 있다.

〈수정 예〉 우리 주변에는 무서운 **사건이** 많이 벌어지고 있다.

③ 컴퓨터에는 수많은 프로그램들이 있다.

〈수정 예〉컴퓨터에는 수많은 **프로그램이** 있다.

④ 정부는 이들 시민 단체들이 하는 일에 간섭해서는 안 된다.

　〈수정 예〉정부는 이들 **시민 단체가** 하는 일에 간섭해서는 안 된다.

⑤ 여러 정황들로 미루어 볼 때 네가 범인인 것이 확실해.

　〈수정 예〉여러 **정황으로** 미루어 볼 때 네가 범인인 것이 확실해.

⑥ 박목월의 작품들에는 우리네 정서들이 많이 담겨 있다.

　〈수정 예〉박목월의 **작품에는** 우리네 **정서가** 많이 담겨 있다.

⑦ 물속에서 여러 마리의 물고기들을 건져냈다.

　〈수정 예〉물속에서 여러 마리의 **물고기를** 건져냈다.

⑧ 우리 반의 많은 학생들과 수학여행을 다녀왔다.

　〈수정 예〉우리 반의 많은 **학생과** 수학여행을 다녀왔다.

⑨ 수많은 문제들에 봉착하다.

　〈수정 예〉수많은 **문제에** 봉착하다.

⑩ 이번에 닥친 많은 난관들을 어찌 수습할 생각인가?

　〈수정 예〉이번에 닥친 많은 **난관을** 어찌 수습할 생각인가?

7-2. 한자어 접미사

한자어 ~적(的), ~성(性), ~화(化)는 모두 추상(抽象)을 나타내는 접미사로, 문장에서 굳이 쓸 필요가 없는데도 일상적으로 쓰는 예가 많다. 이러한 한자어 접미사만 없애도 문장을 훨씬 간결하게 만들 수 있다.

① 우리가 우선적으로 해결해야 할 것은 경제 문제이다.

〈수정 예〉 우리가 **우선** 해결해야 할 것은 경제 문제이다.

② 역사적, 문화적으로 보아 의미가 깊다.

〈수정 예〉 **역사, 문화로** 보아 의미가 깊다.

③ 그 다음이 경제적 환경 조성이다.

〈수정 예〉 그 다음이 **경제** 환경 조성이다.

④ 심적 부담이 크다.

〈수정 예〉 **마음에** 부담이 크다.

⑤ 이번 연구 개발은 국가적 차원에서 논의되어야 한다.

〈수정 예〉 이번 연구 개발은 **국가 차원**에서 논의되어야 한다.

⑥ 발전이 가속화되고 있다.

〈수정 예〉 발전이 **빨라지고** 있다.

⑦ 이 자동차는 경제성이 높다.

〈수정 예〉 이 자동차는 **경제적이다**.

⑧ 사업을 의욕적으로 추진하고 있다.

〈수정 예〉 사업을 **의욕 있게** 추진하고 있다.

⑨ 일이 예상 밖에 복잡화되고 있다.

〈수정 예〉 일이 예상 밖으로 **복잡해지고** 있다.

8 불필요한 관형격 조사를 없애라

관형격 조사 '의'는 체언 뒤에 붙어 앞 체언이 관형사 구실을 하도록 하며, 뒤 체언이 나타내는 대상이 앞 체언에 소속된다는 것을 나타내기도 한다. 또한 앞 체언이 뒤 체언에 나타내는 행동이나 작용의 주체임을 나타내거나 앞 체언이 뒤 체언의 과정이나 목표 따위의 대상임을 나타내기도 한다.

관형격 조사 '~의'는 일본식 표현에 영향을 받은 것으로, 오랜 세월을 거치면서 우리말에 스며들어 무분별하게 사용하는 경향을 띠고 있다. 우리말에서는 '~의'가 없어도 뜻이 통하는 경우가 많으므로 되도록 사용하지 않는 것이 바람직하다.

'의'를 줄이기 위해서는 첫째, 의도적으로 '의'를 사용하지 않기 위해 노력하고, 둘째, '의' 대신 다른 조사로 바꿔 사용하도록 하고, 셋째, '의'를 빼고 구체적으로 서술하는 습관을 가져야 한다.

① 일부의 학생들은 국영수 중심의 공부만 한다.

〈수정 예〉 **일부** 학생들은 국영수 **증심으로만** 공부한다.

② 이번 시간에는 유한회사의 설립의 요건에 대해 알아보겠습니다.

〈수정 예〉 이번 시간에는 유한회사의 **설립** 요건에 대해 알아보겠습니다.

③ 이번 한국방송의 프로그램의 개편의 단행을 보고 실망했다.

〈수정 예〉 이번 **한국방송이 단행한 프로그램 개편을** 보고 실망했다.

④ 그는 학생들의 가치관의 형성에 많은 영향을 미쳤다.

〈수정 예〉 그는 학생들**이** 가치관**을 형성하는 데에** 많은 영향을 미쳤다.

⑤ 영화감독의 창작 활동의 여건이 많이 나빠졌다.

〈수정 예〉 영화감독**이** 창작 활동**을 할 수 있는** 여건이 많이 나빠졌다.

⑥ 성폭력은 우리 사회의 심각한 문제 중의 하나다.

〈수정 예〉 성폭력은 우리 사회**의 심각한 문제다**.

⑦ 10년 뒤의 출판업계의 상황에 대해 전망해보겠습니다.

〈수정 예〉 10년 **뒤 출판계 상황을** 전망해보겠습니다.

'것이다'를 줄여라

'것이다'는 의존 명사인 '것'과 서술격 조사 '이다'가 합쳐진 말로, 문장 성분으로는 '서술어'에 해당한다. '것'이라는 의존 명사는 한 문장에서 '관형어'의 꾸밈을 받아 '동물' 또는 '사물'을 이르기도 하고, '사람'을 낮추어 부르기도 하며, 소유 또는 일, 현상 따위를 추상적으로 이르기도 한다.

우리 주변에는 '것이다'를 습관적으로 사용하는 사람이 많다. '것이다'는 문장의 흐름을 방해하고 논지를 불명확하게 할 뿐만 아니라 짧고 간결한 문장을 구성하는 데에도 걸림돌이 된다.

'것이다'는 학자의 글이나 신문 기사에서 많이 나타난다. 평소 '것이다'를 사용하지 않으려는 노력을 기울이면 세련된 문장을 만드는 데 많은 도움이 된다.

① 무조건 억제만 할 것이 아니라 비용을 부담하도록 하는 것이 합리적이라는 것이다.

  〈수정 예〉 무조건 억제하지 말고 비용을 부담하도록 해야 합리적이다.

② 다른 지역 사람들이 겪었던 경험과는 양적으로 질적으로 다른 것이 된 것이다.

  〈수정 예〉 다른 지역 사람들이 겪었던 경험과는 양과 질이 달랐다.

③ 이 요리의 특징은 영양이 풍부하다는 것과 혈액 순환에 좋다는 것입니다.

  〈수정 예〉 이 요리는 영양이 풍부하고 혈액 순환에 좋다는 특징이 있습니다.

④ 한마디로 기분이 나빴던 것이다.

  〈수정 예〉 한마디로 기분이 나빴다.

⑤ 이번 사건은 대단히 충격적인 것이라 아니 할 수 없다.

  〈수정 예〉 이번 사건은 충격적이다.

⑥ 내 말은 너에게 심각한 문제점이 있다는 것이다.

  〈수정 예〉 나는 네게 심각한 문제점이 있다고 생각한다.

⑦ 두 팀은 한 마디로 경쟁이 붙은 것이었다.

  〈수정 예〉 두 팀은 경쟁이 붙었다.

⑧ 다시는 도둑질과 같은 어리석은 짓을 안 할 것이다.

  〈수정 예〉 다시는 도둑질을 안 한다.

⑨ 이번 시험을 잘 보려면 더 많은 문제를 풀고, 더 많은 내용을 외워야 할 것이다.

  〈수정 예〉 이번 시험을 잘 보려면 더 많은 문제를 풀고, 더 많은 내용을 외워야 한다.

⑩ 평소 청결하지 않다는 것은 게으르다는 것을 뜻하는 것이다.

〈수정 예〉 평소 청결하지 않다는 것은 게으르다는 것을 의미한다.

⑪ 이번만큼은 다를 것이다.

〈수정 예〉 이번만큼은 다르다.

⑫ 제가 먼저 갈 것입니다.

〈수정 예〉 제가 먼저 가겠습니다.

⑬ 날씨가 풀리면 공사를 할 것이다.

〈수정 예〉 날씨가 풀리면 공사를 할 예정이다.

⑭ 나는 내일 친구와 함께 도서관에 갈 것이다.

〈수정 예〉 나는 내일 친구와 함께 도서관에 갈 예정이다.

⑮ 그의 병세도 점차 나아질 것이다.

〈수정 예〉 그의 병세가 점차 나아질 것이라 생각한다.

⑯ 행복은 전염되는 것이다.

〈수정 예〉 행복은 전염된다.

⑰ 그곳으로 반드시 돌아가고 말 것이다.

〈수정 예〉 행복은 전염된다.

⑱ 나는 너를 응원할 것이다.

〈수정 예〉 나는 너를 응원한다.

⑲ 올 겨울 날씨는 추울 것이다.

〈수정 예〉 올 겨울 날씨는 춥다고 한다.

⑳ 후회는 아무리 빨라도 늦은 것이다.

〈수정 예〉 후회는 아무리 빨라도 늦다.

10 명사문을 피하라

우리말은 서술어의 품사를 기준으로 문장을 분류할 때 동사문, 형용사문, 명사문으로 나뉜다.

① 영희가 간다(동사문).
② 바다가 푸르다(형용사문).
③ 형준이는 남학생이다(명사문).

우리말은 첨가어이기 때문에 명사문보다 동사문과 형용사문이 더 풍부한 편이다. 명사문은 명사에 서술격 조사 '이다'가 이어진 문장을 말하는데, 문장이 이렇듯 '-이다'로 끝나면 주체가 분명히 드러나지 않고, 전달력이 떨어진다. 따라서 명사문은 서술어가 반드시 필요한지를 먼저 따져본 후 되도록 동사문이나 형용사문으로 고치는 것이 좋다.

① 도망은 **죽음**이다.

〈수정 예〉 **도망가면 죽는다**.

② 우리나라에서 유명한 것은 **불국사**이다.

〈수정 예〉 **불국사는 우리나라에서 가장 유명하다**.

③ 누구도 그분만큼 오랫동안 명성을 유지하지 못했다는 **얘기**다.

〈수정 예〉 **누구도 그분만큼 오랫동안 명성을 유지하지 못했다**.

④ 이번 사건으로 교육 현장이 혼란의 소용돌이에 휩싸일 수도 있다는 분석이다.

〈수정 예〉 이번 사건으로 교육 현장이 혼란의 소용돌이에 휩싸일 수도 있다는 **분석이 나왔다**.

⑤ 가격이 오름에도 불구하고 사람들이 그 물건을 계속 찾고 있다.

〈수정 예〉 가격이 **올랐는데도** 사람들이 그 물건을 계속 찾고 있다.

⑥ 얼굴을 마주대고 이야기하는 것보다 편지로 쓰는 것이 낫다는 생각이다.

〈수정 예〉 얼굴을 마주대고 이야기하는 것보다 편지로 쓰는 것이 **낫다고 생각한다**.

⑦ 정치인들이 자기 당의 이익에만 치중하고 있다는 생각이다.

〈수정 예〉 정치인들이 자기 당의 이익에만 **치중하고 있다**.

⑧ 내 마음은 호수다. 내 마음은 호수같이 맑다.

〈수정 예〉 **내 마음은 호수같이 맑다**.

⑨ 미음이라도 먹을 수 있으니 그나마 다행이다.

〈수정 예〉 미음이라도 먹을 수 **있어서** 다행**이라고 생각한다**.

⑩ 이 회사들의 운명이 앞으로 4~5년 안에 결정될 처지다.

〈수정 예〉이 회사의 운명이 앞으로 4~5년 안에 **결정될 처지에 놓여 있다.**

⑪ 우리 현실을 생각하면 이 문제는 더 이상 남의 얘기일 수 없음이다.

〈수정 예〉우리 현실을 생각하면 이 문제는 더 이상 **남의 얘기가 아니다.**

⑫ 이 단체는 마권을 이용하여 시민들의 사행심을 부추기고 있다는 여론이다.

〈수정 예〉이 **단체가** 마권을 이용하여 시민들의 사행심을 **부추기고 있다고 한다.**

11 관형절을 줄여라

우리말에서는 관형어가 다음 말을 수식하더라도 대체로 짧은 관형절을 관형어로 이용하는 경향이 강하다. 영어의 경우, 작은 문장을 묶어 겹문장을 만들 때 관형절이 많이 섞이면서 수식과 피수식 관계가 복잡해진다. 우리말은 이러한 영어의 영향을 받아 문장에 관형절을 많이 넣는 사례가 많이 발견된다.

따라서 문장을 간결하게 만들기 위해서는 문장을 되도록 짧게 끊어서 구성하는 것이 좋다. 짧은 문장을 묶어 긴 문장을 만들 때는 관형사형 어미보다 연결 어미를 붙여 일어난 상황을 순서대로 서술해야 한다. 또 관형어를 없앨 때는 관형어를 피수식어 뒤로 보내 부사어, 서술어로 바꾸는 것이 좋다.

예문

① 내 가슴에 아직 많은 사랑이 남았습니다.
　〈수정 예〉 내 가슴에 아직 **사랑이 많이 남아 있습니다.**

---

② 자기 이익만을 추구하는 극단적인 이기주의에 빠져 있다.

〈수정 예〉 자기 이익만을 **추구하기 위한** 극단적인 이기주의에 빠져 있다.

③ 고객 여러분께 실망과 걱정을 끼쳐드린 데 대한 용서를 구하고자 합니다.

〈수정 예〉 고객 여러분께 실망과 걱정을 **끼쳐드려 죄송합니다.**

④ 증인으로 채택되면 정치 생명에 적지 않은 타격을 받는다.

〈수정 예〉 증인으로 채택되면 정치 생명에 **적지 않게** 타격을 받는다.

⑤ 뭘 먹은 사실을 기억하지 못하는 애를 혼내면 뭐해?

〈수정 예〉 **애가 뭘 먹었는지 기억하지 못하는 데** 혼내면 뭐해?

⑥ 남녀 차별로 인한 피해를 받지 않으려면 서로 노력을 해야 한다.

〈수정 예〉 **남녀 차별로** 피해를 받지 않으려면 서로 노력해야 한다.

⑦ 오늘도 건강한 하루 되시기 바랍니다.

〈수정 예〉 **오늘 하루도 건강하시기 바랍니다.**

⑧ 즐거운 주말 보내십시오.

〈수정 예〉 **주말을 즐겁게 보내십시오.**

PART 02

제대로 고쳐라

▼▲▼▲▼▲▼▲▼▲▼▲▼▲▼▲▼

글을 짧게 쓰는 것도 중요하지만 제대로 고치는 것도 중요
하다. 글을 쓴 다음에는 반드시 퇴고(推敲)의 과정을 거쳐
야 한다. 이 과정 속에서 문장의 오류를 발견하게 되고, 좋
은 문장을 보는 안목이 길러진다. 이 장에서는 글을 제대로
고치는 방법에 대해 알아보자.

북줄 활용 시리즈 09

문장 다이어트 레시피

능동형(사동형)으로 고쳐라

피동형은 가급적 능동형(사동형)으로 고치는 것이 좋다. 그 이유는 간단하다. 주체가 누구인지 알 수 없기 때문이다. 주체를 알 수 없게 되면 읽는 이가 핵심을 놓치게 됨은 물론 설득력도 떨어진다. 내용의 핵심에 다가가는 것이 아니라 자꾸 회피하려는 인상을 주기 때문이다. 피동형은 긴 문장을 만드는 주요 요인일 뿐만 아니라 문장의 질을 떨어뜨리는 데에도 한몫을 한다. 피동문을 사용하는 이유는 다음과 같다.

① 행위의 주체를 감추어서 표현하려고 할 때
㉠ 어머니의 말씀이 잘 안 들렸다.(잘 안 들리는 것은 내 탓이 아니다)
② 자신의 의견을 객관적으로 전달하거나 책임을 회피하기 위해
㉠ 인도가 최근의 가뭄으로 최악의 물 부족 사태를 겪을 것으로 보입니다.

③ 주어가 당하는 상황을 강조하기 위해

㉤ 아이가 화물차에 치였다.

다음을 읽고 사동과 피동을 구분해보자.

예문 1

① 그녀의 손길은 얼어붙은 나의 마음을 녹여주었다.

② 어제 금은방에 든 도둑이 경찰에게 잡혔다.

③ 온 산이 안개에 싸여 있다.

④ 이렇게 맑은 날에는 산이 잘 보인다.

⑤ 어머니께서 감기에 걸려 보채는 아이에게 약을 먹이셨다.

⑥ 그가 눈을 녹인다.

⑦ 선생은 일본 경찰에게 잡혀갔다.

⑧ 넓은 들판이 눈에 의해 덮여졌다.

⑨ 경찰 아저씨가 나에게 책을 보였다.

⑩ 토끼가 사냥꾼에게 잡히었다.

⑪ 나는 아이에게 책을 읽혔다.

⑫ 오랫동안 남아 있던 오해가 풀렸다.

예문 1 정답

① 사동 ② 피동 ③ 피동 ④ 피동 ⑤ 사동 ⑥ 사동 ⑦ 피동 ⑧ 피동

⑨ 사동 ⑩ 피동 ⑪ 피동 ⑫ 피동

다음 피동 표현을 능동 또는 사동 표현으로 바꿔보자.

예문 2

① 쥐가 고양이에게 잡혔다.

　〈수정 예〉 **고양이가 쥐를 잡았다.**

② 그는 동네 사람들에 의해 살인범으로 지목되었다.

　〈수정 예〉 **동네 사람들은 그를 살인범으로 지목했다.**

③ 영희가 철수에게 붙잡혔다.

　〈수정 예〉 **철수가 영희를 붙잡았다.**

④ 사자가 악어에게 물렸다.

　〈수정 예〉 **악어가 사자를 물었다.**

⑤ 문이 동생에 의해 쾅 닫혔다.

　〈수정 예〉 **동생이 문을 쾅 닫았다.**

⑥ 영희가 철수에게 꼬집혔다.

　〈수정 예〉 **철수가 영희를 꼬집었다.**

⑦ 철수가 옆집 개에게 물렸다.

　〈수정 예〉 **옆집 개가 철수를 물었다.**

다음 이중 피동을 능동이나 사동 표현으로 바꿔 보자.

예문 3

① 비행기가 함포 사격을 받고 파괴되어졌다.

　〈수정 예〉 **비행기가 함포 사격을 받고 파괴되었다.**

② 철수는 그녀의 갑작스러운 죽음이 믿겨지지 않았다.

　〈수정 예〉 **철수는 그녀의 갑작스러운 죽음이 믿어지지 않았다.**

③ 6 · 25 전쟁으로 다리가 끊겨졌다.

〈수정 예〉 6 · 25 전쟁으로 다리가 끊어졌다.

④ 이번 사건으로 평생 간직했던 그의 꿈이 꺾여졌다.

〈수정 예〉 이번 사건으로 평생 간직했던 그의 꿈이 꺾였다.

⑤ 성금은 불우이웃들에게 유용하게 쓰여질 것으로 보여진다.

〈수정 예〉 성금은 불우이웃들에게 유용하게 쓰일 것으로 보인다.

능동(문), 피동(문), 주동(문), 사동(문)의 차이를 표로 정리하면 다음과 같다.

종류	설명
능동문	문장 속에서 주어가 스스로 주체가 되어 어떤 동작을 수행하는 것
피동문	어떤 동작을 당하는 것
주동문	문장 속에서 어떤 동작을 주어가 직접 행하는 것
사동문	다른 사람에게 시키는 것

이러한 차이를 만드는 동사에는 능동사, 피동사, 주동사, 사동사가 있다. 이 중에서 피동사와 사동사는 다음과 같은 세 가지 유형이 있다.

종류	설명
어휘적 피동/사동	피동이나 사동 접미사가 붙어 만들어진 것은 아니지만 그 자체의 의미가 피동이나 사동인 동사 ㅇ 어휘적 피동 : 당하다(어떠한 피해를 입다.), 되다(어떤 사물이 생겨나거나 이루어지다) ㅇ 어휘적 사동 : 명령하다(어떠한 일이나 행동을 하라고 지시하다), 시키다(남에게 어떠한 일을 시키다)
파생적 피동/사동	피동, 사동 접미사를 붙여 만듦. ㅇ 파생적 피동 : 접미사인 -이, -히, -리, -기를 붙여 만듦. ㅇ 파생적 사동 : 접미사인 -이, -히, -리, -기, -우, -구, -추, -애, -으키, -아키를 붙여 만듦.
통사적 피동/사동	의미, 문장론적인 차원에서 피동이나 사동으로 인식되는 것 ㅇ 통사적 피동 : -어지다 ㅇ 통사적 사동 : -게 하다

1. 지나친 피동 표현

① 피동형+어지다

○ 이번 대회에서 우승한 사람에게는 해외 연수의 기회가 **주어진다**.

○ 부적격 출제위원 선정과 복수 정답 시비 등 공무원 시험 관리에 총체적 부실이 드러나 물의가 **빚어진** 바 있다.

○ 당신이 이렇게 험한 곳에서 생활한다는 것이 **믿겨지지** 않는구려.

○ 지난 밤 폭우에 **깎여진** 도로에서 사고가 났다.

○ 북극의 얼음이 녹는 것은 환경의 변화 때문이라고 **보여진다**.

○ 철수는 우리 동네에서 대장이라고 **불리어진다**.

○ 어제 수업 시간에 선생님이 내 주신 수학 문제는 난해해서 잘 **풀려지지** 않는다.

② 이중 피동

○ 그는 축구의 신이라 **불리운다**.

○ 천 만년 전의 화석이라고 **생각되어진다**.

③ 어휘를 잘못 사용한 경우

○ 그의 갑작스런 죽음이 **믿겨지지** 않는다.

○ 오랜 세월이 지났기 때문에 그의 선행이 **잊혀졌다**.

○ 이번 경기는 B팀이 우세하지 않나 **보아지는군요**.

④ '되다'를 사용한 경우

○ 그 방면의 석학들에게 응분의 연구비를 지급하고 좋은 강의를 하도록 한다면 학문에 대한 국민적 관심을 **불러일으키게 될** 것이고 우리의 지적 수준을 한 단계 **끌어올리게 될** 것이다.

○ 새로운 사업을 시작할 때에는 신중한 선택이 **요구된다**.

○ 모 대학이 국어 수강생을 대상으로 한자 실력을 평가한 결과 40%가 낙제점을 받은 것으로 **조사됐다**.

○ 정 씨는 이와 똑같은 실수가 반복**돼** 결국 해고**됐다.**

2. 지나친 사동 표현

① 사동의 의미가 없는 데도 사동 접사를 사용하는 경우

○ 잠시 후면 첫사랑을 만날 수 있다는 사실에 가슴을 **설레이며** 기다
렸다.

② '**-하다**'를 쓸 수 있는데도 '**-시키다**'를 사용하는 경우

○ 철수는 매달 독거노인 후원금을 후원기관 통장에 **입금시킨다.**

○ 이러한 상황을 **야기시킨** 원인은 무엇일까?

○ 내가 조만간 여자 친구를 **소개시켜줄게.**

2 번역 투를 고쳐라

번역 투 또한 문장을 제대로 쓰는 데에 방해가 되는 요소다. 우리말에 번역 투를 사용하게 된 이유는 외국어(영어, 일본어 등)를 직역하는 과정에서 해당 외국어만의 독특한 문법 체계가 반영되고, 이것이 오랜 세월을 거치면서 우리말에 고착되었기 때문이다. 우리가 사용하는 문장 중에는 영어, 일본어의 흔적을 곳곳에서 찾아볼 수 있다. 문장에서 번역 투를 없애면 문장을 더욱 세련되게 만들 수 있다.

2-1. 영어 번역 투 고치기

다음은 영어 번역 투의 사례를 정리한 것이다.

예문
① 나는 슬하에 아이 셋을 가지고 있다.

〈수정 예〉나는 **아이가 세 명이다.**

② 그것은 사회 통합을 저해시키는 행동 중 하나이다.

　〈수정 예〉그것은 사회 통합을 **저해하는** 행동 가운데 하나이다.

③ 건강이 중요하다는 것은 아무리 강조해도 지나치지 않다.

　〈수정 예〉건강은 **중요하다.**

④ 대통령은 오늘 오전 각 기업 대표들과 오찬 간담회를 가졌다.

　〈수정 예〉대통령은 오늘 오전 각 기업 대표들과 오찬 간담회를 **했다.**

⑤ 오늘 일어난 사건은 이제까지의 방법으로는 해결하기 힘들다고 생각

　되어집니다.

　〈수정 예〉오늘 일어난 사건은 이제까지의 방법으로는 **해결할 수 없**

습니다.

⑥ 많은 학생들의 요청에 의하여 야외 수업을 하기로 했다.

　〈수정 예〉많은 학생들의 **요청으로** 야외 수업을 하기로 했다.

⑦ 그는 몸이 피곤함에도 불구하고 외국 출장길에 올랐다.

　〈수정 예〉그는 몸이 **피곤한데도** 외국 출장을 떠났다.

⑧ 오늘 오후 신문사 기자들과 만남을 가졌다.

　〈수정 예〉오늘 오후 신문사 기자들과 **만났다.**

⑨ 그 사람은 부서 직원들로터 철저히 배제되었다.

　〈수정 예〉그 사람은 부서 **직원들에게** 철저히 배제되었다.

⑩ 우리는 지금 그들의 깊은 반성을 필요로 합니다.

　〈수정 예〉우리는 지금 그들의 깊은 반성을 **요구합니다.**

⑪ 그 사람의 행동으로 인해 나쁜 결과가 초래되었다.

　〈수정 예〉그 사람의 행동 **때문에** 나쁜 결과가 **생겼다.**

⑫ 오늘 주주총회에서 다루어질 안건은 모두 세 가지입니다.

〈수정 예〉 오늘 주주총회에서 **다룰** 안건은 세 가지입니다.

⑬ 그는 고혈압에 의해 쓰러졌다.

　〈수정 예〉 그는 **고혈압으로** 쓰러졌다.

⑭ 박목월의 시는 많은 사람들에게 읽혀진다.

　〈수정 예〉 박목월의 시는 많은 **사람들이 읽는다**.

⑮ 철수는 건강해지기 위해 운동을 시작했다.

　〈수정 예〉 철수는 **건강하려고** 운동을 시작했다.

⑯ 핵이 있는 한 어떠한 위험으로부터도 자유로울 수 없다.

　〈수정 예〉 핵이 있는 한 **누구도 안전할 수 없다**.

⑰ 비가 옴에도 불구하고 밖으로 나갔다.

　〈수정 예〉 비가 **오는데도** 밖으로 나갔다.

⑱ 나는 이번 시험이 무척 기대된다.

　〈수정 예〉 나는 이번 **시험을 잘 볼 것이라고 생각한다**.

⑲ 자녀의 심리를 통해 부모가 가진 생각을 알 수 있다.

　〈수정 예〉 자녀의 **심리로 부모의 생각을** 알 수 있다.

⑳ 대법원은 그에 대해 무기징역을 선고하였다.

　〈수정 예〉 대법원은 **그에게** 무기징역을 선고하였다.

㉑ 우리 회사는 경기도에 위치하고 있습니다.

　〈수정 예〉 우리 회사는 경기도에 **있습니다**.

㉒ 아파트 개발에 관한 문제점이 많다.

　〈수정 예〉 아파트 **개발에** 문제점이 많다.

㉓ 이번 사건은 성역 없는 수사가 이루어져야 한다.

　〈수정 예〉 이번 **사건의 수사는 성역 없이** 이루어져야 한다.

㉔ 그 꼴을 해 가지고 무엇을 어떻게 하겠다는 거야?

〈수정 예〉 그 **꼴로** 무엇을 어떻게 하겠다는 거야?

㉕ 우리 사회의 안전 불감증으로 인해 대형 사고가 우려되고 있습니다.

〈수정 예〉 우리 사회의 안전 불감증으로 대형 사고가 **일어날 가능성이 높아지고 있습니다**.

2-2. 일본어 번역 투 고치기

다음은 일본어 번역 투의 사례를 정리한 것이다.

예문

① 보다 효과적인 방법을 찾아보아라.

〈수정 예〉 더 효과적인 방법을 **찾아라**.

② 우월감은 열등감에 다름 아니다.

〈수정 예〉 우월감은 열등감과 **같은 말이다**.

③ 그 보석은 훔친 물건임에 틀림없다.

〈수정 예〉 그 보석은 훔친 **물건이다**.

④ 공부는 집중을 요한다.

〈수정 예〉 공부할 때는 **집중해야 한다**.

⑤ 주민 여러분의 많은 협조 있으시기 바랍니다.

〈수정 예〉 주민 여러분의 **협조가 필요합니다**.

⑥ 평소 사고 싶은 물건이 있었는데 결국 사 버렸어.

〈수정 예〉 평소 사고 싶은 물건이 있었는데 결국 **샀어**.

⑦ 우리는 그 일을 하지 않으면 안 돼.

〈수정 예〉 우리는 그 일을 **해야만 해**.

⑧ 너라는 인간은 구제불능이야.

〈수정 예〉 **너는** 구제불능이야.

⑨ 우리 조상들의 독립에의 열망은 대단한 것이었다.

〈수정 예〉 우리 조상의 **독립하고자 하는** 열망은 대단한 것이었다.

⑩ 공공장소에서는 떠들거나 하면 안 돼.

〈수정 예〉 공공장소에서 **떠들면** 안 돼.

⑪ 그는 찬성파다.

〈수정 예〉 그는 **찬성하는 쪽이다**.

⑫ 사랑하면 안 되는 사람을 사랑해 버렸어.

〈수정 예〉 사랑하면 안 되는 사람을 **사랑하게 되었어**.

⑬ 우리는 평화를 요한다.

〈수정 예〉 우리는 **평화가 필요하다**.

⑭ 퇴색한 진보는 보수와 다름 아니다.

〈수정 예〉 퇴색한 진보는 보수와 **같다**.

(1) ~갖는다

① 다양한 인종과 문화에 관심을 **갖는다**.

〈수정 예〉 다양한 인종과 문화에 관심이 **있다**.

② 구원은 믿음과 상관관계**를 갖는다**.

〈수정 예〉 구원은 믿음과 상관관계**가 있다**.

③ 항상 긍정적인 내 모습에 자부심을 **갖는다**.

〈수정 예〉 항상 긍정적인 내 모습에 자부심을 **느낀다**.

④ 모든 생명체의 세포는 동질성을 **갖는다**.

〈수정 예〉 모든 생명체의 세포는 동질성**이 있다**.

⑤ 남북이 단독 회담을 **가졌다**.

〈수정 예〉 남북이 단독 회담을 **했다**.

(2) ~행한다

① 이적을 행하다.

〈수정 예〉 이적을 **했다**.

② 선을 행하다.

〈수정 예〉 좋은 일을 **했다**.

③ 의를 행하다.

〈수정 예〉 옳은 일을 **했다**.

④ 의식을 행하다.

〈수정 예〉 의식을 **했다**.

(3) ~화하다, ~화되다

① 뱀이 용으로 화하다.

〈수정 예〉 뱀이 용으로 **변했다**.

② 대기업들의 미국 진출이 가시화되기 시작했다.

〈수정 예〉 대기업들의 미국 진출 **가능성이 높아지기** 시작했다.

③ 우리의 목표를 가시화할 수 있는 방안이 마련되어야 한다.

〈수정 예〉 우리의 목표를 **구체적으로 실행할 수** 있는 방안이 마련되어야 한다.

④ 중국과 한국의 수교가 곧 가시화될 전망이다.

〈수정 예〉 중국과 한국의 수교가 **이루어질** 전망이다.

⑤ 이념의 대립은 세계 대전이라는 열전으로 가시화되었다.

〈수정 예〉 이념의 대립은 세계 대전**의 형태로 나타났다**.

(4) ~시키다

① 해고 당했던 사원을 복직시켰다.

〈수정 예〉 해고**했던** 사원이 복직**했다**.

② 학생들을 집합시켰다.

〈수정 예〉 학생들을 **모이게 했다**.

③ 적을 항복시켰다.

〈수정 예〉 적이 **항복했다**.

3 쉬운 말로 바꿔라

우리말에서 한자어가 차지하는 비중이 무려 70%나 된다고 한다. 한자어도 우리말의 일부이기 때문에 결코 소홀히 할 수는 없지만, 한자말을 지나치게 사용하면 의미가 제대로 전달되지 못한다. 따라서 한자어는 가능한 한 순우리말이나 쉬운 말로 바꿔 쓰는 것이 좋다.

예문

① 공장장은 유해 가스 누출에 대한 사실에 대해 언급을 회피했다.

〈수정 예〉 공장장은 유해 가스 누출에 대한 사실에 대해 말하려 하지 않았다.

② 이번에도 시행착오를 반복할 것이다.

〈수정 예〉 이번에도 같은 잘못을 거듭할 것이다.

③ 김 대리는 이번 승진 인사에서 배제될 가능성이 높다.

〈수정 예〉 김 대리는 이번에 승진되지 않을 것이다.

④ 숙면을 취하는 것이 건강에 좋다.

〈수정 예〉잠을 깊게 자는 것이 건강에 좋다.

⑤ 그렇게 용기 있는 사람은 전무하다.

〈수정 예〉그렇게 용기 있는 사람은 과거에 없었다.

⑥ 건전한 비판을 폄훼해서는 안 된다.

〈수정 예〉건전한 비판을 깎아내려서는 안 된다.

⑦ 그 남자는 그 여자와 오랜만에 조우하였다.

〈수정 예〉그 남자는 그 여자와 오랜만에 만났다.

⑧ 우리나라는 선진국으로 진입하는 중차대한 시기를 맞이하고 있다.

〈수정 예〉우리나라는 선진국으로 진입하는 중요한 시기를 맞이하고 있다.

⑨ 남북 이산가족은 반세기만에 극적으로 해후했다.

〈수정 예〉남북 이산가족은 반세기만에 극적으로 만났다.

⑩ 이번 방학 때는 수학 실력 향상에 박차를 가해야 한다.

〈수정 예〉이번 방학 때는 수학 실력 향상을 위해 힘써야 한다.

⑪ 한국은 최근 들어 전성기를 구가하고 있다.

〈수정 예〉한국은 최근 들어 전성기를 누리고 있다.

⑫ 두 사람의 키는 대동소이하다.

〈수정 예〉두 사람의 키는 비슷하다.

⑬ 단도직입적으로 말해서 우리는 전쟁에서 승리했다.

〈수정 예〉한마디로 우리는 전쟁에서 승리했다.

⑭ 그는 확고부동한 자세를 견지했다.

〈수정 예〉그는 꿋꿋한 자세를 유지했다.

⑮ 우리나라가 이룬 성과는 세계적으로 전무후무하다.

〈수정 예〉우리나라가 이룬 성과는 세계적으로 찾아볼 수 없다.

명사절을 없애라

우리말은 용언의 끝이 다양하게 활용된다는 특징이 있다. 하지만 우리 주변에서는 홑문장의 끝에 '~기', '~ㅁ'을 붙여 억지로 명사형을 만드는 사례를 많이 찾아볼 수 있다. 이와 같이 용언의 끝을 명사절로 바꾸면 말뜻을 제대로 전달할 수 없다. 다음은 '입다'를 예로 든 것이다. 다음 예를 보면 우리 일상생활에서 명사형이 얼마나 많이 사용되는지 실감할 수 있을 것이다.

① 입어서 – 입음으로 인하여

② 입으니까 – 입음에 의해

③ 입는다해서 – 입음을 이유로

④ 입는다해도 – 입음을 가정하고

⑤ 입으면 – 입음을 전제로

⑥ 입으려고 – 입기 위해서

⑦ 입어도 – 입음에도 불구하고

⑧ 입자마자 – 입음과 동시에

⑨ 입는다손치더라도 – 입음을 조건으로

예문

① 그대가 있음에 행복하다.

〈수정 예〉 그대가 **있어서** 행복하다.

② 무허가 건물임이 밝혀져 철거 명령이 내려졌다.

〈수정 예〉 무허가 **건물로** 밝혀져 철거 명령이 내려졌다.

③ 아르바이트를 계속함으로써 졸업이 가능했다.

〈수정 예〉 아르바이트를 **계속하였기 때문에** 졸업할 수 있었다.

④ 집값이 올랐음에도 불구하고 집을 사려는 사람이 늘고 있다.

〈수정 예〉 집값이 **올랐는데도** 집을 사려는 사람이 늘고 있다.

⑤ 증거를 찾지 못했음을 인정했다.

〈수정 예〉 증거를 찾지 **못했다고** 인정했다.

⑥ 다른 사람에게 감동을 주기보다는 흥미만 끌려고 한다.

〈수정 예〉 다른 사람에게 감동을 **주는 것이 아니라** 흥미만 끌려고 한다.

⑦ 그럼에도 불구하고 이 어려움을 극복하지 않으면 안 된다.

〈수정 예〉 **그런데도** 이 어려움을 극복하지 않으면 안 된다.

⑧ 서두르기보다는 좀 더 여유를 가지고 기다려라.

〈수정 예〉 **서둘지 말고** 좀 더 여유를 가지고 기다려라.

⑨ 네가 내 곁에 있음에 감사해.

〈수정 예〉 네가 내 곁에 **있어서** 감사해.

⑩ 저축을 함으로써 미래에 투자하라.

〈수정 예〉 저축을 하여 미래에 투자하라.

⑪ 전세 계약과 동시에 전입신고를 해야 한다.

〈수정 예〉 전세 계약을 **하자마자** 전입신고를 해야 한다.

⑫ 돈을 벌기 위해서 일자리를 찾고 있습니다.

〈수정 예〉 돈을 **벌려고** 일자리를 찾고 있습니다.

5 조사를 바르게 고쳐라

조사(助詞)는 체언, 부사, 어미 따위에 붙어 그 말의 뜻을 명확하게 해주는 역할을 한다. 따라서 조사가 하나라도 잘못 쓰이면 엉뚱한 문장이 되기 쉽다. 조사에 유의하면서 다음 문장을 구별해보자.

① 그는 운동을 잘한다.
② 그는 운동도 잘한다.
③ 그는 운동은 잘한다.
④ 그는 운동만 잘한다.
⑤ 그는 운동조차 잘한다.
⑥ 그는 운동마저 잘한다.
⑦ 그는 운동까지 잘한다.

문장 ①은 단순히 운동을 잘하는 것을 말한다. 그런데 ②는 '다른 것도 잘하지만 운동도 잘한다'는 의미이다. ③은 '다른 것은 못하지만 운동은 잘한다'라는 의미이다. ④는 '다른 것은 못하지만 유일하게 운동만 잘한다'는 의미이다. ⑤, ⑥, ⑦은 '다른 것도 잘하지만 심지어 운동도 잘한다'라는 의미이다.

이렇듯 조사의 쓰임이 어떠하냐에 따라 문장의 의미가 달라진다. 자연스러운 문맥이 되려면 조사를 제대로 사용해야 한다.

예문

① 철수는 운동을 잘하지만 리더십도 뛰어나다.
〈수정 예〉 철수는 운동도 잘하지만 리더십도 뛰어나다.
② 내 아들이 형준이고, 열 세 살이다.
〈수정 예〉 내 아들의 **이름은** 형준이고, **나이는** 열 세 살이다.
③ 7년 동안 사귄 여자 친구와 헤어진다는 것은 생각할 수 없는 일이다.
〈수정 예〉 7년 동안 사귄 여자 친구와 헤어진다는 것은 생각**조차** 할 수 없는 일이다.
④ 우리나라가 일본에 당한 피해는 이루 말로 설명할 수 없다.
〈수정 예〉 우리나라가 일본**에게** 당한 피해는 이루 말로 설명할 수 없다.
⑤ 정부 부처 사이에 많은 이견이 있었다.
〈수정 예〉 정부 부처 사이**에서** 많은 이견이 있었다.
⑥ 지방에서 올라온 농민들이 국회의사당 앞에서 모여 항의를 하고 있다.
〈수정 예〉 지방에서 올라온 농민들이 국회의사당 **앞에** 모여 항의를 하고 있다.
⑦ 그녀가 피해자 이 씨로부터 받은 돈으로 구입한 것으로 알려진 호화

주택의 가격은 10억 원이다.

〈수정 예〉 그녀가 피의자 이 씨**에게서** 받은 돈으로 구입한 것으로 알려진 호화 주택의 가격은 10억 원이다.

⑧ 칠남매 중 막내도 장가를 보내고 나니 마음이 허전하다.

〈수정 예〉 칠남매 중 막내**마저** 장가를 보내고 나니 마음이 허전하다.

⑨ 그는 말을 하지 못할 뿐만 아니라 글을 쓰지 못한다.

〈수정 예〉 그는 말을 하지 못할 뿐만 아니라 글**조차** 쓰지 못한다.

⑩ 나는 경기도에 산다.

〈수정 예〉 나는 경기도**에서** 산다.

⑪ 구청이 독촉장을 보냈다.

〈수정 예〉 구청**에서** 독촉장을 보냈다.

⑫ 집에 오자마자 두고 온 물건이 생각나 학교로 갔어.

〈수정 예〉 집에 오자마자 두고 온 물건이 생각나 학교**에** 갔어.

⑬ 우리나라의 문학은 중국 문학에 적지 않은 영향을 받았다.

〈수정 예〉 우리나라의 문학은 중국 문학**의** 적지 않은 영향을 받았다.

⑭ 우리 학교에 명예를 걸고 열심히 싸우자.

〈수정 예〉 우리 학교**의** 명예를 걸고 열심히 싸우자.

⑮ 인간은 끊임없는 발전을 거듭해 온 것은 사실이다.

〈수정 예〉 인간**이** 끊임없는 발전을 거듭해 온 것은 사실이다.

⑯ 형이 나를 매를 때렸다.

〈수정 예〉 형이 나를 매**로** 때렸다.

⑰ 사고 차량을 견인을 시작했습니다.

〈수정 예〉 사고 차량을 견인**하기** 시작했습니다.

⑱ 옛날 여인들이 혼수감으로 탐을 냈던 물건이다.

〈수정 예〉 옛날 여인들이 혼수감으로 탐내던 물건이다.

⑲ 지난 시즌에 플레이 오픈을 하였다.

〈수정 예〉 **지난봄에 경기가 시작되었다**.

⑳ 외부 차량 진입을 금지합니다.

〈수정 예〉 외부 차량**은 들어오지 마십시오**.

㉑ 나는 밥이 먹고 싶다.

〈수정 예〉 나는 밥**을** 먹고 싶다.

㉒ 약은 약사에게 상의하십시오.

〈수정 예〉 약은 약사**와** 상의하십시오.

㉓ 나무에게 물을 주었다.

〈수정 예〉 나무**에** 물을 주었다.

㉔ 지역적인 편견으로부터 벗어나야 한다.

〈수정 예〉 지역적인 편견**에서** 벗어나야 한다.

㉕ 도덕면에 있어서 남보다 뛰어난 사람이다.

〈수정 예〉 도덕면**에서** 남보다 뛰어난 사람이다.

조사는 기능에 따라 격조사, 보조사, 접속 조사로 구분한다.

① 격조사 : 체언에 붙어 다른 말에 대한 관계를 표시한다.

② 보조사 : 문장에 따라 여러 격으로 쓰이는 조사로, 체언에 특수한 의미를 더하는 역할을 한다. 다만, 보조사는 체언뿐만 아니라 부사, 격조사, 연결 어미 다음에도 쓰인다. 격조사와는 달리 앞에 오는 체언의 의미를 한정하는 기능을 한다.

③ 접속 조사 : 명사와 명사를 이어주는 것으로, 둘 이상의 체언을 같은 자격으로 접속하는 역할을 한다.

조사의 종류

구분	종류	예
격조사	주격 조사	이, 께서, 가, 에서 예 어머니께서 말씀하셨다/이 회사에는 여자가 많다/물고기가 많다
	서술격 조사	–이다 예 이것은 빵이다/워싱턴은 미국의 수도이다
	목적격 조사	을, 를 예 누나가 밥을 먹는다/나는 친구를 만났다/너는 남을 배려하는 마음이 부족해
	보격 조사	이, 가 (되다, 아니다의 체언에 붙는) 예 그녀는 검사가 되었다/얼음이 물이 된다
	관형격 조사	의 예 사람의 마음
	호격 조사	야, 아, 여 예 하늘이시여/영희야, 놀자
	부사격 조사	에게, 에게서, 로써, 처럼, 으로 예 나는 그녀에게 호감을 느꼈다/ 나에게 여자 친구가 생겼다

보조사	-	는, 은, 만, 도, 부터, 까지, 이나, 조차, 마저, 라도 예 나만 회사원이다/내 동생도 국어를 좋아한다
접속 조사	-	와, 과, 하고, 이며, 에다, 이랑, 겸 예 빵하고 우유를 사먹었다/너랑 나랑/부장 겸 팀장

6 문장의 호응에 유념하라

문장의 호응이란 '한 문장 안에서, 어떤 특정한 말 뒤에는 반드시 다른 특정한 말만 오도록 하는 제한적인 쓰임'을 말한다. 즉, 올바른 문장을 만들기 위해서는 어휘와 어구, 어휘와 어휘, 어절과 어절 등이 서로 짝을 이루어야 한다는 것이다.

6-1. 주어와 서술어의 호응

우리는 종종 주어는 '갑'인데, 서술어는 '을'로 끝나는 문장을 접하는 때가 있다. 왜 이러한 현상이 발생하는 것일까?

첫째, 주어와 서술어의 거리가 멀기 때문이다. 이는 문장의 길고 짧음(長短)과도 밀접한 관계가 있다. 즉, 문장이 길어지다 보니 주어가 무엇이었는지 잊어버리는 것이다. 주어와 서술어의 거리가 짧아야 한다는 것은 바로 이 때문이다.

둘째, 글쓴이가 주의를 기울이지 않았기 때문이다. 글을 쓸 때 주어를 염두에 두고 문장이 끝날 때까지 주의를 하지 않으면 머릿속에서 내용이 뒤섞여 용두사미가 되고 마는 것이다.

이러한 실수를 줄이는 데에는 다음 세 가지 방법이 있다.

첫째, 문장을 쓰기 시작할 때 주어를 확실히 정한 다음, 그 주어를 중심으로 서술한다.

둘째, 문장이 길어지면 문장을 한 번 끊어 주어와 서술어를 먼저 일치시킨 후, 다음 문장을 이어 써내려 간다.

셋째, 주어와 서술어만을 따로 떼어 확인해본다.

다음은 주어와 서술어가 일치하지 않는 사례를 정리한 것이다. 다음 문장을 보고 주어와 서술어를 일치시켜보자.

예문

① 이번 학기 내 목표는 우리 반에서 가장 높은 성적을 올리려고 한다.

〈수정 예〉 이번 학기 내 목표는 우리 반에서 가장 높은 성적을 **거두는 것이다**.

② 경찰은 김 씨가 아파트 당첨을 위해 위장 전입을 한 혐의다.

〈수정 예〉 경찰은 김 씨가 아파트 당첨을 위해 위장 전입을 한 **혐의를 잡고 수사 중이다**.

③ 이번 시험에서 성적이 부진한 학생은 오늘 저녁에 실시하는 보충 수업

을 시켜야 한다.

〈수정 예〉 이번 시험에서 성적이 부진한 학생은 오늘 저녁에 실시하는 보충 수업을 **받아야 한다**.

④ 경제 전문가들은 해외 환율 하락으로 하반기 수출 전망이 불투명하다는 지적이다.

〈수정 예〉 경제 전문가들은 해외 환율 하락으로 하반기 수출 전망이 **불투명하다고 지적하였다**.

⑤ 가야는 발달된 철제 농기구를 사용하여 농업 생산력이 크게 증대되었다.

〈수정 예〉 **가야의 농업 생산력은** 발달된 철제 농기구에 힘입어 **크게 증대되었다**.

⑥ 경기도 쌀은 최고의 품질을 보장합니다.

〈수정 예〉 **경기도에서는** 쌀이 최고의 품질임을 **보장합니다**.

⑦ 선진국은 농기계를 이용하여 스스로의 힘이나 가축으로 농사를 지을 때보다 힘을 훨씬 적게 들일 뿐만 아니라 시간 또한 적게 걸린다.

〈수정 예〉 **선진국에서는 농기계를 이용하기 때문에** 스스로의 힘이나 가축으로 농사를 지을 때보다 힘을 훨씬 적게 들 뿐만 아니라 시간 또한 적게 걸린다.

⑧ 전 세계적으로 석유 매장량은 일부 지역에만 분포되어 있다.

〈수정 예〉 **석유는** 전 세계적으로 일부 지역에만 **매장되어 있다**.

⑨ 서적은 지식을 습득하여 목표를 달성하는 유일한 방법이다.

〈수정 예〉 **독서는** 지식을 습득하여 목표를 달성하는 유일한 방법이다.

⑩ 석유가 고갈되었을 때의 모습에 대해 사회의 각 주체들이 올바르게 인식하고 대비해야 한다.

〈수정 예〉**사회의 각 주체들은 석유가 고갈되었을 때를 대비하여야** **한다**.

⑪ 하루 중 가장 많이 비가 내린 곳은 충남 대전에서 55.4㎜이다.

〈수정 예〉하루 중 가장 많이 비가 내린 곳은 충남 대전**으로**, **강우량** **은** 55.4㎜이다.

⑫ 경찰에 따르면 이 씨는 지난 4일 새벽 2시 30분경 구로동 찜질방에 평소 알고 지내던 김 씨와 함께 침입해 현금 100만 원 상당의 금품을 훔쳐 달아난 혐의다.

〈수정 예〉경찰에 따르면 이 씨는 지난 4일 새벽 2시 30분께 구로동 찜질방에 평소 알고 지내던 김 씨와 함께 침입해 현금 100만 원 상당 의 금품을 훔쳐 달아난 **혐의를 받고 있다**.

⑬ 현재도 미국 블록버스터 영화는 유럽을 석권하는 영화 왕국의 지위를 차지하고 있다.

〈수정 예〉**미국 블록버스터 영화는 현재까지도** 유럽을 석권하는 영화 왕국의 지위를 차지하고 있다.

⑭ 이곳은 소변을 보지 마라.

〈수정 예〉이곳**에서는** 소변을 보지 마라.

⑮ 그녀의 집에는 찾아오는 사람도 없이 쓸쓸했다.

〈수정 예〉**그녀는** 아무도 찾아오는 사람이 없었기 때문에 **쓸쓸했다**.

⑯ 이곳은 비흡연자를 위하여 흡연을 삼갑시다.

〈수정 예〉이곳은 **흡연 금지 구역이므로** 비흡연자를 위하여 흡연을 삼갑시다.

6-2. 조사와 서술어의 호응

서술어와 조사의 의미가 서로 어울려야 한다. 예를 들어 '마치', '조차' 등은 모두 극한 상황을 표현하기 위해 쓰는 보조사로, 평서문, 감탄문, 의문문 등에 따라 달리 쓰이기 때문에 유의하여 사용해야 한다.

예문

① 그는 일기는커녕 제 이름을 잘 쓴다.

〈수정 예〉 그는 일기는커녕 제 **이름조차 못 쓴다**.

② 밥커녕 죽을 먹는다.

〈수정 예〉 밥커녕 죽**도 못 먹는다**.

③ 나무커녕 풀이 없는 황무지가 저렇게 변했다오.

〈수정 예〉 나무커녕 풀**도** 없는 황무지가 저렇게 변했다오.

④ 상커녕 벌도 받았다.

〈수정 예〉 상커녕 벌**을** 받았다.

⑤ 영수는 자기가 선생님인 마냥 아이들에게 지시를 했다.

〈수정 예〉 영수는 **마치** 자기가 선생님**이라도 되는 것처럼** 아이들에게 지시를 했다.

⑥ 그렇게 공부만 하던 철수는 시험에 떨어졌다.

〈수정 예〉 그렇게 공부만 하던 철수**조차** 시험에 떨어졌다.

⑦ 전방에는 설사 사원 비슷한 높은 누각이 당당하게 막아서 있었다.

〈수정 예〉 전방에는 **마치** 사원 비슷한 높은 누각이 당당하게 막아서 있었다.

⑧ 그녀의 목소리조차 천상에서 울리는 음악 소리 같다.

　〈수정 예〉 그녀의 **목소리는 마치** 천상에서 울리는 음악 소리 같다.

⑨ 한자는 쓰기도 어려운 데다 읽기커녕 힘들다.

　〈수정 예〉 한자는 쓰기도 어려운 데다 읽기**조차** 힘들다.

⑩ 너라도 가지 않겠다는 거냐?

　〈수정 예〉 너**조차** 가지 않겠다는 거냐?

⑪ 그는 자기 자식들에게서도 버림받는 신세가 되었다.

　〈수정 예〉 그는 자기 자식들에게서**조차** 버림받는 신세가 되었다.

⑫ 마치 구름 위를 걷는 것마냥 도무지 생시가 아닌 것만 같았다.

　〈수정 예〉 마치 구름 위를 **걷는 듯이** 도무지 생시가 아닌 것만 같았다.

⑬ 그녀와 헤어진다는 것은 생각할 수 없는 일이다.

　〈수정 예〉 그녀와 헤어진다는 것은 생각할 수**조차** 없는 일이다.

⑭ 비커녕 구름도 끼지 않는다.

　〈수정 예〉 비커녕 구름**조차** 끼지 않는다.

⑮ 그가 어디서 왔는지 아무도 모른다.

　〈수정 예〉 그가 어디서 왔는지**조차** 아무도 모른다.

⑯ 그녀는 운동선수치고 몸이 튼튼하다.

　〈수정 예〉 그녀는 운동선수치고 몸이 **약하다**.

6-3. 부사어의 호응

　부사어는 각각 이에 어울리는 짝이 존재한다. 부사어가 호응 관계를 이루는 짝을 제대로 만나지 못하면 비문이 탄생한다.

① 나는 결코 바보다.

〈수정 예〉 나는 결코 바보**가 아니다**.

② 왜냐하면 내가 그를 본 적이 없다.

〈수정 예〉 왜냐하면 내가 그를 본 적이 **없기 때문이다**.

③ 회사원은 마땅히 회사의 이익을 위해 열심히 일한다.

〈수정 예〉 회사원은 마땅히 회사의 이익을 위해 열심히 **일해야 한다**.

④ 우리는 이번 행사에 절대로 참여하기로 했다.

〈수정 예〉 우리는 이번 행사에 절대로 참여**하지 않기로** 했다.

⑤ 시험에 겨우 합격 못했다.

〈수정 예〉 시험에 겨우 합격**했다**.

⑥ 첫사랑의 기억은 결코 지워진다.

〈수정 예〉 첫사랑의 기억은 결코 지워**지지 않는다**.

⑦ 한 번 나빠진 공기를 정화하는 일은 여간 쉬운 일이 아니다.

〈수정 예〉 한 번 나빠진 공기를 정화하는 일은 여간 **어려운** 일이 아니다.

⑧ 그 광경은 나로 인해 인간의 잔인성을 느끼게 했다.

〈수정 예〉 그 광경은 나로 **하여금** 인간의 잔인성을 느끼게 했다.

⑨ 비로소 추운 겨울이 지나가려 한다.

〈수정 예〉 **바야흐로** 추운 겨울이 지나가려 한다.

⑩ 남자는 모름지기 다섯수레 분량의 책을 읽는다.

〈수정 예〉 남자는 모름지기 다섯수레 분량의 책을 **읽어야 한다**.

⑪ 당시 철수의 나이는 무려 여섯 살밖에 안 되었다.

〈수정 예〉 당시 철수의 나이는 **겨우** 여섯 살밖에 안 되었다.

⑫ 저는 설사 제일 친한 친구하고도 싸웠습니다.

〈수정 예〉저는 **하다못해** 제일 친한 친구하고도 싸웠습니다.

⑬ 그 성은 거의 함락되지 않았다.

〈수정 예〉그 성은 **좀처럼** 함락되지 않았다.

⑭ 스스로 공부를 하면 결코 성공한다.

〈수정 예〉스스로 공부를 하면 **반드시** 성공한다.

6-4. 인칭 대명사의 호응

인칭 대명사를 쓸 때도 호응 관계에 유의하여야 한다. 예를 들어 한 문장 내에서 같은 사람에게 '그'와 '나'라는 인칭 대명사를 쓰면 읽는 이가 혼란을 느끼게 된다.

예문

① 그녀는 친구들과 대화를 나누면서도 내가 지금 얼마나 못났으면 이런 억지를 부리나 싶어 쓴웃음 나왔다.

〈수정 예〉그녀는 친구들과 대화를 나누면서도 **자기**가 지금 얼마나 못났으면 이런 억지를 부리나 싶어 쓴웃음 나왔다.

② 내 팀이 그 대회에서 우승했다.

〈수정 예〉**우리** 팀이 그 대회에서 우승했다.

③ 그는 어머니에게 꾸중을 들으면서도 나는 잘못한 것이 없다고 생각했다.

〈수정 예〉그는 어머니에게 꾸중을 들으면서도 **자신**은 잘못한 것이 없다고 생각했다.

④ 내가 먼저 갈게요.

〈수정 예〉 **제가** 먼저 갈게요.

⑤ 어머니는 영희를 애타게 찾았다. 영희를 보자 그는 급한 마음에 신발도 안 신은 채 달려 나갔다.

〈수정 예〉 어머니는 영희를 애타게 찾았다. 영희를 보자 **그녀는** 급한 마음에 신발도 안 신은 채 달려 나갔다.

6-5. 시제의 호응

문장 내에서 시제는 반드시 일치해야 하다. 예를 들어 어제를 나타내는 말에는 과거 시제를, 오늘을 나타내는 말에는 현재 시제를, 내일을 나타내는 말에는 미래 시제를 사용해야 문장의 왜곡을 줄일 수 있다.

① 어제+과거 시제 선어말 어미(-았-/-었-)

② 오늘+현재 시제 선어말 어미(-ㄴ-/-는-)

③ 내일+미래 시제 선어말 어미(-겠-)

예문

① 내일 나는 시골 할머니 댁에 놀러 갔었다.

〈수정 예〉 내일 나는 시골 할머니 댁에 놀러 갈 **예정이다**.

② 어제는 몸이 아파서 병원에 갈 예정이다.

〈수정 예〉 어제는 몸이 아파서 병원에 **갔다**.

③ 그녀와 나는 오늘 쇼핑을 할 예정이다.

　〈수정 예〉 그녀와 나는 오늘 쇼핑을 **할 것이다.**

④ 나는 어제 일찍 일어난다.

　〈수정 예〉 나는 어제 일찍 **일어났다.**

6-6. 수식어와 피수식어의 호응

　비문은 수식어와 피수식어의 불일치에서 비롯되기 쉽다. 따라서 수식어와 피수식어는 반드시 일치하도록 하는 것이 좋다. 수식어와 피수식어의 거리가 지나치게 떨어져 있으면 두 품사가 일치하지 않을 확률이 높아지기 때문에 되도록 가까운 거리에 두는 것이 좋다. 거리가 멀면 수식어가 어떤 말을 꾸며주고 있는지 모르거나 두 가지 이상을 꾸며주고 있는 것으로 착각할 수 있기 때문이다.

예문

① 그녀는 밝은 표정으로 손님들과 악수하였다.

　〈수정 예〉 **밝은 표정의 그녀는** 손님들과 악수하였다.

② 절대 외부 차량 출입금지

　〈수정 예〉 외부 차량 **절대** 출입금지

③ 온통 아파트가 김치 냄새로 배어 있다.

　〈수정 예〉 아파트에 **온통** 김치 냄새가 배어 있다.

④ 큰 해충의 피해로 수확이 줄었다.

〈수정 예〉 해충의 **큰** 피해로 수확이 줄었다.

⑤ 절대 신분을 보장한다.

〈수정 예〉 신분을 **절대** 보장한다.

7 숫자를 제대로 써라

숫자를 제대로 쓰려면 다음 원칙을 따르는 것이 좋다.

첫째, 남들이 숫자를 정확하게 읽기를 바란다면 숫자를 한글로 적는 것이 좋다(다만 시각은 예외로 한다).

둘째, 큰 숫자는 숫자에 한글을 섞어 써야 한눈에 보기가 좋다.

셋째, 읽기 쉽게 써야 한다.

예문

① 나는 어제 친구 2명과 수영장에 다녀왔다.

〈수정 예〉 나는 어제 친구 두 명과 수영장에 다녀왔다.

② 이 사과를 5사람이 3알씩 먹거나 6사람이 3개씩 먹으면 된다.

〈수정 예〉 이 사과를 다섯 사람이 세 알씩 먹거나 여섯 사람이 세 개씩 먹으면 된다.

③ 커피 한 잔

〈수정 예〉한 잔의 커피

④ 하나의 민족

　〈수정 예〉한민족

⑤ 1나 5섯, 6섯, 7곱, 8덟, 9홉, 2틀, 3흘, 6새

　〈수정 예〉하나, 다섯, 여섯, 일곱, 여덟, 아홉, 이틀, 사흘, 엿새

⑥ 모금을 시작한 지 1천2백3십4시간이 지나자 모두 100,022,500만 원이 모였다.

　〈수정 예〉모금을 시작한 지 1,234시간이 지나자 모두 1조 2억 2,500만 원이 모였다.

⑦ 보리 서 말과 쌀 3가마를 3~4달쯤 지나서 나눠주겠다.

　〈수정 예〉보리 서 말과 쌀 세 가마를 서너 달쯤 지나서 나눠주겠다.

⑧ 시 예산 8,400천 원과 정부 예산 90,000,000원을 투입했다.

　〈수정 예〉시 예산 840만 원과 정부 예산 9,000만 원을 투입했다.

PART 03

문장 다이어트
실전

▼▲▼▲▼▲▼▲▼▲▼▲▼▲▼

이 장에서는 무엇을 쓸 것인가에 대한 고민과 쓰려고 하는
것에 대한 목차를 잡는 방법에 대해 알아본다. 목차를 잡았
다면 그 목차를 중심으로 어떻게 본문 작업을 하는가도 중
요하다. 그리고 작성한 본문 원고를 다듬는 방법에 대해서
도 고민해본다.

마지막으로 글과 함께 따라 다니는 이미지 파일의 관리법
을 스네그잇이라는 화면 캡처 프로그램의 사용법, 윈도우
보조프로그램인 그림판의 활용, 알씨 프로그램 활용으로
나누어 알아본다.

북즐 활용 시리즈 09

문장 다이어트 레시피

무엇을 쓸 것인가?

글쓰기의 첫 단추는 무엇에 대해서 쓸 것인가이다. 즉, 글을 쓰는 주제가 있어야 한다. 여기서는 글쓰기의 주제를 정하고 예상 독자층에 대한 글쓰기 수준을 어떻게 정할 것인가에 대해 알아보자.

1-1. 주제 정하기

필자의 경우 대학교 3학년 때부터 본격적인 글쓰기를 시작했다. 그 전에는 일기, 리포트, 감상문, 시, 수필 등을 썼다. 학교 숙제였고 그냥 좋아서 썼다.

군대를 제대하고 대학교 2학년에 복학을 했다. 친구가 보고 있던 현대전자 사보지에 실린 컴퓨터 관련 연재 기사들이 좋아 사보지를 신청했다. 사보지를 받아보고 있던 어느 날, 이곳에 원고투고를 하고 싶다는 생각을 했다. 바로 실행에 옮겼다.

지금 생각해보면 당시 필자는 행동을 먼저하고 그 뒤에 심사숙고를 하는 타입인 것 같다. 현대전자 사보 담당자에게 이메일을 보냈다. 결과는 생각보다 좋았다. 처음 보내준 원고가 3회분 정도 연재를 할 수 있으니 다른 원고가 있으면 더 보내달라고 했다.

뜻밖의 희소식에 그동안 공부한 내용들을 정리하면서 원고를 만들었다. 그렇게 시작한 현대전자 사보지 원고투고를 2년 6개월 정도 했다.

현대전자 사보지를 처음 필자에게 권했던 친구 해철이 덕분이라는 생각을 한다. 그 친구가 그때 그 사보지를 필자에게 주지 않았다면 그 다음의 일은 일어나지 않았을 것이다.

당시의 필자의 글쓰기 주제는 컴퓨터 관련 정보였다. 더 상세하게 말하면 압축프로그램들의 사용법, 컴퓨터 바이러스 치료 및 복구 프로그램들의 사용법 등이다.

이런 주제의 원고는 의도하지 않아도 대상 독자층이 자연스럽게 정해진다. 압축프로그램이나 컴퓨터 치료 및 복구에 관심이 있는 학생이나 직장인들이다.

어떤 글을 쓸 것인지 생각하자. 그리고 당장 실행에 옮기자.

생각만 한다고 이루어지는 것은 없다. 지금 당장 펜을 들고 자신의 이야기를 써보자. 어린 시절에 놀았던 동네이야기 그리고 친구들의 이야기를 그냥 적어보자.

1-2. 예상 독자층

글쓰기의 주제가 정해졌다면 글을 읽을 예상 독자층을 생각해야 한다.

예상 독자층을 생각하지 않고 글을 쓴다면 좋지 않은 결과를 얻을 수 있다. 누구나 볼 수 있는 책은 아무도 안 볼 확률이 높다는 것이다.

필자가 경영하고 있는 출판사에서 만든 책들 중 팔리지 않는 책들의 대부분은 정확한 독자 타깃이 없는 누구나 볼 수 있는 책들이다. 책의 기획부터 잘못된 것 같다. 반대로 독자 타깃이 정확한 책의 경우 출간된 지 5년이 지나도 많지는 않지만 꾸준히 책이 나간다.

예비 작가나 특정한 글을 쓰는 사람들이 꼭 알아야 하는 것은 처음부터 독자 타깃을 생각하고 글쓰기를 해야 한다는 것이다.

필자의 경우 현대전자 사보지에 연재를 하면서 자연스럽게 예상 독자층이 정해진 상태에서 글쓰기를 했다. 사보지에 2년 6개월 정도 연재를 하고 나니 꽤 많은 양의 원고가 되었다.

당시 부산에 살았던 필자는 '이 원고를 출판하면 어떨까?'라는 생각을 했다. 그래서 집에 있던 컴퓨터 책들의 판권 부분에서 출판사 상호와 연락처를 메모했다. 대략 6곳 정도를 적었던 것 같다.

연락처를 파악한 후 원고를 모두 출력했다. 요즘 같으면 출판사에 전화를 걸어 담당자에게 원고의 목차와 본문 일부를 email로 보내면 되는데 그때는 그런 것을 몰랐다.

그때가 1995년이었던 것 같다. 원고를 모두 출력한 후 부산역에서 밤기차를 타고 새벽에 서울역에 도착했다. 처음으로 방문할 출판사 근처로 이동한 후 문이 열리기를 기다렸다.

부산에서 들고 온 원고를 즉석에서 검토한 출판사 대표님과 바로 계약을 하게 되었다. 첫 방문한 출판사에서 계약을 한 것이다. 지금 생각해보면 좀 아쉬운 부분이다. 예정대로 나머지 출판사를 다 둘러본 다음 계약을 했어야 했는데 말이다. 한편으로는 그냥 모든 것이 감사할 뿐이었다. 당시 만 24세인 필자의 원고를 출판해준 사장님이 고마울 뿐이다. 그 계약이 작가로써 첫 작품을 세상에 내놓는 순간이었다.

1-3. 수준정하기

출판사 대표님과 계약을 한 후 출판사 대표님이 추가 원고 부분과 독자의 수준에 맞도록 원고를 수정해 달라고 하셨다. 즉 현대전자 사보지의 원고는 텍스트 위주이므로 설명을 보다 더 쉽게 이해할 수 있는 화면들을 넣어달라고 하셨다. 그리고 원고의 말투도 '~이다.'가 아닌 '~입니다.'라고 수정하라고 하셨다.

지금 생각해보면 그 책을 읽을 예상 독자층을 정하고 원고의 수준을 고등학생이나 대학생 정도로 잡은 것 같다.

그때 처음으로 배운 것이 예상 독자층이 정해지면 그에 맞도록 원고의 말투를 수정해야 한다는 것이었다. 예를 들어 원고의 내용이 어린이들이 주로 많이 보는 동화, 위인전이라면 문장을 끝낼 때 '~요' 또는 '~습니다.'를 주로 많이 사용한다.

예상 독자인 어린이, 중/고등학생, 대학생, 성인의 나이에 따라 말투가 달라지는 것이다. 특히 번역물의 경우 확실히 달라진다.

필자의 첫 번째 책은 크게 성공을 얻지 못한 것 같다. 첫 책이 나올 무렵 바로 두 번째 책을 같은 출판사에서 계약했다. 이번에는 기존 원고의 수정이나 부분 추가가 아닌 처음부터 모든 내용을 써야 하는 작업이었다.

책의 주제, 예상 독자, 글을 쓰는 수준도 모두 정해졌다. 그에 따라 글을 쓰면 되었다.

글쓰기의 수준이 정해지면 최대한 재미가 있고 정보를 줄 수 있는 내용의 글이 최고다. 하지만 가장 어려운 일이기도 하다.

전문적인 내용을 전달하려면 글 쓰는 자신이 그 분야의 모든 것을 알고 있어야 가능하기 때문이다. 글 쓰는 작가가 정확한 지식이 없다면 글은 오리무중(伍里霧中)으로 빠지기 쉽다.

2 목차 만들기

목차는 어떻게 만들면 좋은지 알아보고 목차를 만드는 방법과 팁과 부록 구분의 기준에 대해 알아보자.

2-1. 무조건 쓰기

글을 쓰기 전에 가장 먼저 목차를 잡는 것이 좋다. 목차는 건축물의 도면과 같은 존재이다. 도면 없이 건물을 짓는 것은 말도 안 되는 것처럼 목차 없이 글을 쓴다는 것 또한 말이 안 된다.

수필이나 시의 경우 마음가는 대로 적어 가면서 목차를 구성하면 되겠지만(먼저 목차를 잡으면 더 좋다) 일반적인 전문서나 소설, 역사서, 의학서, 공학서 등의 경우 목차를 먼저 잡아야 한다.

목차를 잡지 않고 글을 쓰면 앞뒤의 내용이 이어지지 않을 수도 있다. 예전에 어떤 대필 작가를 만난 적이 있다(이 분은 본인의 글이 아닌

타인의 글을 대신 다듬어 주거나 필요한 부분은 새로 작성한다). 그 분은 필자에게 다음과 같이 말했다.

"한 편의 작품을 완성하려면 시작 부분에는 약간의 복선과 재미를 넣어주고 글의 중반부에는 작은 이야기들이 큰 이야기를 향하고 있는 느낌과 한 번의 반전, 또 한 번의 눈물이 나오는 장면이 필요하다. 그리고 마지막 그 작은 이야기들이 큰이야기로 이어져 복선 부분이 드러나고 해피 엔딩 또는 새드 엔딩 중 하나로 결말을 내줘야한다."

목차의 구성에 있어서 너무 많은 생각을 하면 글을 쓸 수 없다.

무조건 쓰자. 무엇을 쓸 것인가? 그리고 어떻게 쓸 것인가?

필자의 경우 새로운 작품의 글을 쓸 때 다음과 같이 한다.

가장 먼저 A4 종이에 쓰려고 하는 책에 들어갈 적당한 내용들을 무조건 쓴다. 그것이 단어일 수도 있고 문장일 수도 있다. 가능하면 그것들이 핵심적인 제목이면 더 좋다.

2-2. 핵심 제목들을 나열하기

A4 종이에 목차에 들어갈 핵심 제목들을 무조건 나열해보자.

오늘 더 이상 생각이 나지 않으면 하루 쉬고 내일 다시 시작하자.

필자가 자주 경험 하는 것 중 하나가 있다. 글을 쓸 수 있는 시간과 실제 글을 쓰는 글의 양과의 관계이다. 직장생활이나 개인 사업으로 인해 짬을 내서 글을 쓰는 경우, 주말처럼 시간이 많은 날 오히려 글을 더 못쓴다. 반대로 바쁜 하루하루 속에서 틈틈이 써 내려가는 글의 질과 양이 더 좋은 것 같다. 필자의 개인적인 의견이다.

A4 종이에 마음가는 대로 나열한 제목이나 문장들을 워드프로세스에 정리해보자. 정리를 하면서 다시 한 번 다듬어질 것이다. 그런 다음 일단 출력하자. 흔적을 남기는 것이다.

출력한 출력물을 가지고 다니면서 시간이 날 때마다 틈틈이 수정하고 추가하자. 필자의 경우 외근 시 지하철에서 핵심 제목 만들기 작업을 많이 한다. 지금 적고 있는 핵심 제목이나 문장이 추후 사라질 수도 있다. 또는 해당 소제목의 한 문장이 되기도 한다. 최대한 많은 흔적들을 남겨두자. 하루보다는 이틀, 이틀보다는 삼일을 생각하는 것이 좋다. 잘 익은 참외와 같은 느낌이 되면 좋다.

2-3. 나열된 제목들을 재배치, 장(章) 구분하기

나열된 핵심적인 제목과 문장들을 장(章)으로 나누고 재배치하는 방법에 대해 알아보자.

전체 내용을 파트(Part)로 나눌 것인지 장(章)으로 나눌 것인지 생각한다. 파트(Part)와 장(章)은 같은 말이다. 대신 표현에서 차이가 난다. 예를 들어 제1장, 제2장, 제3장으로 나갈지 Part 1, Part 2, Part

3으로 나갈지를 정하는 것이다.

파트(Part)나 장(章)은 글의 내용을 체계적으로 나누는 구분의 하나이다. 보통 본문의 양이 적은 책은 3장이나 5장으로 나누는 경우가 많다. 참고하자.

필자의 경우 보통 5장으로 나누고 본문에서 길게 다루기 부담이 되는 부분을 부록으로 만든다.

먼저 파트(Part)나 장(章)을 먼저 나누자. 그런 다음 만들어둔 핵심 제목이나 문장들을 재배치하자. 예를 들어 제1장~제5장까지 나눈 경우 각 장의 큰 제목을 만들고 뽑아둔 핵심 제목이나 문장들을 해당 장에 배치하자.

2-4. 장(章)으로 배치한 후 다시 다듬기

장(章)으로 배치한 후 다시 다듬기 작업을 해야 한다. 목차의 경우 본문 원고를 작성하는 과정에서 수정이 될 수도 있다. 하지만 그것은 그때의 일이고 지금은 최선을 다해 다듬기 작업을 해야 한다.

목차

장으로 배치한 후 각 제목들을 해당 장에 배치하고 출력하자. 이 출력물을 가지고 다니면서 제목의 수정, 변경, 소제목 추가 작업 등을 한다.

2-5. 팁이나 부록 만들기

목차를 만들다 보면 본문의 내용으로 넣기에 적절하지 않지만 독자들에게 꼭 전달하고 싶은 내용들이 있을 수 있다.

이 경우 본문의 팁(Tip)이나 부록으로 만들자. 어느 부분을 팁으로 할지, 부록으로 할지를 정하는 것 또한 중요하다.

필자의 경우 본문과 연관성이 있는데 본문으로 이어지기가 부담이 되는 부분은 본문의 내용이 끝나는 부분에 팁으로 넣는다.

Power TIP〉인터넷 팩스 가입법

1인 출판사의 경우 사무실 팩스를 인터넷 팩스로 신청해두는 것이 좋다. 외근 시 스마트폰으로 팩스가 들어온 것을 즉시 확인할 수 있기 때문에 일처리를 빨리할 수 있다. 그리고 중요한 자료는 이미지 파일로 저장 가능하다. 스마트폰에 해당 서비스업체의 어플(스마트폰 어플리케이션)을 설치한 후에 사용할 수 있다.

인터넷 팩스 서비스 업체에 가입을 하면 팩스 전용인 전화번호가 발급된다. 팩스의 수신 양에 따라 적당한 요금제를 신청한다.

팁의 경우에는 그 분량이 많지 않은 것이 좋다. 부록의 경우에는 본문에서 다루기 부담스럽거나 양이 많을 경우에 사용하는 것이 좋다.

본문의 내용이 너무 길어지면 전체 줄거리 파악에 나쁜 영향을 줄 수 있기 때문에 부록으로 만들어주는 것이 효과적이다.

부록도 내용이 많은 경우 다음과 같이 구분해주는 것도 좋다.

부록 01 출판사 운영에 필요한 각종 계약서와 문서 샘플

    01. 출판권 설정 및 전송 허락 계약서 샘플

    02. 출판권 설정 해제 협약서 샘플

    03. 출판(외주) 계약서 샘플

    04. 신간 보도자료 샘플

    05. 일일 마케팅 보고서 샘플

부록 02 표지 디자인 작업의 진행 노하우

부록 03 1인 출판사 성공 창업 특강

목차에 살을 붙이는 작업

목차를 만든 후 어떻게 본문 작업을 하는지 알아보자.

3-1. 목차 나열 후 제목에 들어갈 내용들 입력

목차의 완성은 중요한 의미를 가진다. 작업하려고 하는 원고의 전체 설계도를 완성한 것이다. 본문을 쓰면서 설계도의 부분 수정이나 전면 수정이 있을 수 있다. 하지만 지금 중요한 것은 전체 설계도를 완성한 것이다.

목차 파일은 '책제목_목차.Hwp' 파일로 만들어주고 [다른 이름으로 저장]을 한 파일명인 '책제목_본문.Hwp' 파일로 본문 작업에 들어간다.

목차에 있는 제목으로 바로 본문의 내용이 나오면 좋지만, 그렇지 않은 경우도 있다. 이때에는 시간을 좀 가지자.

목차에 있는 해당 제목에 넣을 본문 내용을 쓰기 전에 다음과 같은 것을 생각한다.

1. 그림 파일이 있는 경우는 001.JPG, 002.JPG, 003.JPG 순으로 이어서 나간다.
2. 그림 파일의 캡션은 ▲ 다음에 넣는다.
3. 내용이 더 있는 경우에는 내용의 구분을 위해 1-1. 1-2, 1-3 순으로 나간다.
4. 강조할 부분은 박스에 넣는다.
5. 팁으로 넣을 내용은 **Power Tip**〉이라고 표기한 후 제목을 입력한다.
6. 본문이 2도인 경우 별색이 들어갈 부분은 진하게 표시한다.
7. 본문의 내용이 아니라 편집자나 디자이너에게 전달 내용은 파란색으로 표시를 한다.

본문 글쓰기의 첫 단추

본문 글쓰기의 첫 단추는 이 제목으로 쓸 내용은 무엇이고 다음 제목으로 쓸 내용은 무엇인지를 먼저 구분하는 것이다.

본문을 쓰다 보면 흐름상 목차가 변동될 수도 있다. 본문의 목차 제목이 변경되면 그 즉시 목차에 있는 제목도 수정해준다.

3-2. 수시로 내용 입력, 관련 자료 조사, 추가

글을 쓰는 동안에는 목차를 출력해서 가지고 다니자.

제목에 들어갈 본문 내용이 생각나면 빈 공간에 흔적을 남겨두자.

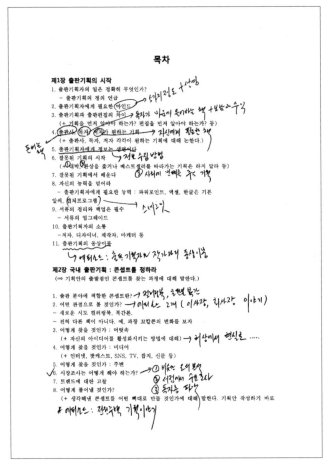

▲ 목차에 수시로 내용을 입력한 화면

이렇게 남겨둔 흔적들은 글쓰기 작업 시 많은 도움이 된다. 아이디어는 항상 떠오르는 것이 아니다. 잠깐 스쳐 지나가는 파노라마 같은 아이디어를 메모로 잡아두자. 이렇게 흔적을 남긴 자료들은 워드프로세스로 정리할 때 사라질 수도 있고, 요긴하게 사용될 수도 있다.

워드프로세스로 정리가 되면 다시 출력을 하자. 그런 다음 이상의 작업을 해당 부분의 집필이 끝날 때까지 하면 된다. 보통 3~5회 정도를 하면 된다.

앞에서도 이야기했듯이 본문에서 다루기 힘든 부분은 부록이나 팁으로 만들면 된다. 최대한 생각나는 내용을 입력해두자.

4 원고 다듬기

본문 원고를 짧게 고쳐야 하는 이유와 글을 쓰는 자세에 대해 알아보자. 그리고 본문의 별면 페이지를 만드는 방법과 장(章)별 시작 부분에 문장을 넣을 때와 안 넣을 때에 대해 알아보자.

4-1. 짧게 고치기

글을 써 보면 알겠지만 글을 짧게 쓰는 것이 매우 힘든 작업이라는 사실이다. 필자는 개인적으로 박완서(1931~2011년) 작가님의 책을 좋아한다. 이 분의 글들은 단문이 많은데 어떻게 하면 이렇게 글을 간결하게 쓰는지 배우고 싶다.

두려움 없는 글쓰기를 하자
문장을 짧게 쓰면 읽는 독자들은 호흡이 짧아서 가독성이 좋아진다. 글을 쓰면서 문장을 짧게 쓰려고 하면 글쓰기 자체가 힘들어질 수 있다. 그러므로 일단은 두려움 없는 글쓰기를 하자. 다 쓴 다음 짧게 고치기 작업을 하자.

평소 글을 짧게 쓰는 분이라면 몰라도 그렇지 않은 경우에 처음부터 글을 짧게 써야 한다는 부담감을 가지면 글을 제대로 쓸 수 없다.

필자도 글을 짧게 쓰지 못하는 사람에 속한다. 그래서 일단 생각이 나는 대로 글을 쓴다. 다 쓴 다음 다시 읽으면서 수정 작업을 한다.

신기하게도 읽을 때마다 계속 수정을 하게 된다. 어느 순간 여기까지라고 선을 긋지 않으면 안 된다. 글 쓰는 모든 사람들이 느끼는 것은 자신의 글을 100% 만족할 수 없다는 것이다.

예전부터 문장력이 뛰어나지 않았던 필자의 경우 처음 글을 쓸 때 이런 식으로 자신을 달랬다.

'내가 글을 잘 써서 책을 내는 것이 아니다. 내가 다른 사람들보다 먼저 이 내용을 공부했으므로 그 과정을 잘 정리했다가 다시 글로 풀어서 적는 것뿐이다'라고 말이다.

그렇게 말하면서 책을 몇 권 냈다. 나이가 들면서 이제는 그 수준을 뛰어넘고 싶다는 생각을 했다. 그런데 그때부터는 글을 쓸 수가 없었다.

잘 쓰려고 하면 아무것도 못쓴다. 두려움 없는 글쓰기가 정답이다. 누가 뭐라고 해도 나만의 글을 쓰면 되는 것이다.

4-2. 독자의 마음으로

자신이 쓴 글이 책으로 나오고 그 책이 많이 팔리면 좋겠지만 그렇지 않은 경우도 있다. 너무 낙담할 필요는 없다. 책이라는 것이 원고의 내용이 좋아서 잘 나가는 것도 있지만 시대적인 타이밍을 잘 만나서 좋은 반응이 올 수도 있기 때문이다.

출판사 근무 시절 필자의 경우 출판사에서 책을 직접 기획이나 편집을 해서 만들어보지는 않았지만 출판사 제작 담당 업무를 보면서 많은 책들을 제작해보았다. 그리고 출판사를 경영하면서 직접 책을 기획하고 편집하면서 느낀 경험은 다음과 같다.

1. 적절한 출간 타이밍이 중요하다.
2. 작가의 마케팅 능력이 필요하다.
3. 독자를 배려하는 글쓰기 스타일이 필요하다.
4. 독자의 마음을 사로잡는 무언가가 필요하다.
5. 자신이 아는 것 지식 80% + 새로운 지식 20%

글을 쓰는 사람은 책 판매량에 너무 마음을 두지 않는 것이 좋다. 최선을 다해 글을 쓴 것으로 족하다. **진인사대천명**(盡人事待天命 : 노력(努力)을 다한 후(後)에 천명(天命)을 기다림)이라는 말이 있지 않은가?

대신 글을 쓸 때 독자의 마음으로 쓰자. 즉 '이 글을 읽는 독자들이 이해가 될까?', '내가 무슨 말을 하는지 잘 전달되고 있는가?'를 생각하고 살피면서 글을 쓰자.

독자가 이해할 수 없는 글은 의미 없는 글쓰기이며 시간 낭비다. 항상 독자의 마음을 살피면서 글쓰기를 한다면 글 쓰는 사람으로서의 가장 기본적인 임무를 다했다고 말하고 싶다.

4-3. 별면 만들기

글을 쓰다 보면 본문에서 다루기 힘든 부분이나 좀 더 돋보이고 싶은 부분들이 있다. 이 경우 해당 본문의 다음 페이지에 별도의 페이지로 디자인을 하자.

집필 중인 원고에 구체적인 내용을 쓰고 파란색으로 글자색을 변경해두자. 그렇게 하고 나서 편집자에게 파란색으로 코멘트를 달아두었다고 하자.

책을 읽다 보면 깨알 같은 텍스트의 연속보다는 중간 중간에 삽화나 팁, 별면이 있으면 한결 읽기가 좋다. 글의 특성상 그런 것들이 허용되지 않는 소설, 수필, 시 등의 분야도 있다.

별면의 표시는 박스를 이용해서 박스 안에 글이나 기타 내용을 넣어도 된다. 또는 별면 시작이라는 문구를 넣어 별면에 넣을 내용을 입력하고 별면 끝이라고 써두어도 된다. 이때 별면 시작과 별면 끝이라는 단어를 파란색으로 글자색을 변경해두면 된다.

다음은 책들의 별면 페이지로 디자인된 화면들이다.

▲▶별면 페이지

[Power Tip] 영문 캘리그라피, 그 기초는 간단하다.

영문으로 캘리그라피 작업을 하는 빈도가 요즘은 점점 늘고 있는 추세이다.
캘리그라피는 한글에서 큰 매력을 발산하는 장점을 가지고 있는 분야라 영문 캘리그라피 작업 시 고민을 하게 되는데 오히려 더 쉽게 접근할 수 있는 분야이다.
콘셉트에 따라 다르게 써지겠지만 기본적으로 영문은 얇고 세련되게 쓰며 기울여 쓰도록 하고 딱딱하지 않고 부드러운 느낌이 나도록 곡선을 많이 써야 한다. 그리고 더 중요한 것은 얇고 탄력 있는 획으로 써야 완성도가 높다. 그렇지 않고 두껍고 무거운 느낌이 나는 탄력을 잃은 획으로 영문 캘리그라피를 쓴다면 차라리 폰트로 찍는 것이 낫다.
즉 이 모든 조건을 충족시킬 수 있는 자형은 영문 이탤릭체와 같은 느낌으로 쓰는 것이다.
얇고 기울여 쓰기가 되어 있고 약간의 화려한 느낌도 생길 수 있기 때문이다.
영문 캘리그라피를 쓸 때 또박또박 꽉짱 일이 쓰는 것은 약간 어울리지 않는다. 한글과는 다르게 글씨의 위아래에서 강조를 해야 한다. 또한 다 그런 것은 아니지만 처음은 대문자를 쓰고 그 뒤부터는 소문자를 쓰는 것이 안정적으로 보일 수 있다.
영문을 쓸 때, r, a와 같은 글자들은 오자가 많이 날 수 있으므로 주의해서 써야 한다.

▲ 아랫부분 강조

▲ 윗부분 강조

4-4. 장(章)별 시작 문장 넣기

본문 원고를 작성할 때 장(章)에 시작 문장을 넣은 경우가 있다.
전체적인 내용의 진행상 필요가 없으면 생략해도 된다.

장(章)별 시작부분에 적당한 문장을 넣는다면 다음과 같이 예쁜
디자인 작업이 가능하다.

▲ 장(章)에 시작 문장을 넣은 화면

보통 장(章)별 시작부분에 들어가는 문장의 경우 해당 장(章)을
모두 다 쓴 다음 내용을 발췌하거나 요점을 적는다.

보통 편집 담당자들이 요구하는 분량은 책의 판형에 따라 다르
지만 일반적으로 4~7줄 사이가 직당하다.

본문 디자이너 입장에서는 디자인에 더해지는 감초 같은 존재이므로 독자가 글을 읽지 못한다고 하더라도 문제는 없다. 어차피 본문에 다시 나오기 때문이다.

다음은 장(章)별 시작부분에 문장을 넣지 않은 화면이다. 앞전 화면과 비교해보자.

 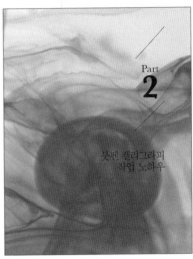

▲ 장(章)에 시작 문장을 넣지 않은 화면

이미지 파일 관리하기

원고를 작성하다 보면 간단한 화면 캡처와 같은 경우 글 쓰는 사람이 직접 작업하는 경우가 있다. 여기서는 화면을 캡처한 후 그림판을 이용해서 편집하는 방법과 알씨를 이용한 이미지 파일 관리법에 대해 알아보자.

5-1. 스네그잇

스네그잇(SnagIt)은 1990년 처음 발표되어 지금까지 꾸준히 성능 개선을 하고 있는 캡처 프로그램이다(여기서는 버전 9를 중심으로 설명한다).

이 프로그램은 단순한 화면의 캡처뿐만 아니라 텍스트 또는 움직이는 화면의 캡처까지 가능한 캡치 프로그램이다. 크게 캡처(Capture), 편집(Edit), 구성(Organize)으로 구분되어 있다.

필자의 경우에는 이미지 파일 캡처 용도로 주로 사용하고 있다. 캡처(Capture, 갈무리)는 크게 화면 내의 윈도우(창)와 화면 내의 특정 부분을 캡처할 수 있다.

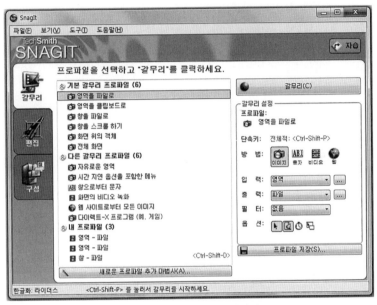

▲스네그잇(SnagIt) 초기화면

이 프로그램은 다음자료실(http://file.daum.net)에서 다운로드할 수 있다.

화면 내의 윈도우(창) 캡처

화면 내의 윈도우(창)을 캡처하려면 [창을 파일로]를 선택한 후 [갈무리] 버튼을 선택하면 된다.

▲ [창을 파일로]를 선택한 후 [갈무리] 버튼 선택화면

화면 내의 특정 부분 캡처

화면 내의 특정 부분을 캡처하려면 [영역을 파일로]를 선택한 후
[갈무리] 버튼을 선택하면 된다.

▲ [영역을 파일로]를 선택한 후 [갈무리] 버튼 선택화면

그러면 다음과 같은 [스네그잇 갈무리 미리보기] 화면이 나타난다. 여기서 [따로 저장] 버튼을 선택한다.

▲ [다른 이름으로 저장] 화면

[다른 이름으로 저장] 화면이 나타나는데, 파일을 저장할 적당한 폴더를 선택한다. 그런 다음 저장할 [파일 형식](보통 JPG나 TIF로 저장)을 선택하고 [파일 이름]을 입력한 후 [저장] 버튼을 선택한다. 지정한 이미지 파일 형식으로 입력한 파일 이름으로 저장된다. 해당 폴더에 잘 저장되었는지 확인한다.

5-2. 그림판

윈도우의 [보조프로그램] 안에 들어 있는 그림판은 매우 유용한 그래픽 프로그램이다. 화면 캡처한 이미지 파일을 [불러오기]를 해서 간단한 그래픽 작업이 가능하다.

 필자의 경우에는 특정 부분에 동그라미를 넣어 강조하는 작업이
나 간단한 텍스트 입력 등의 작업을 할 때 주로 사용한다.

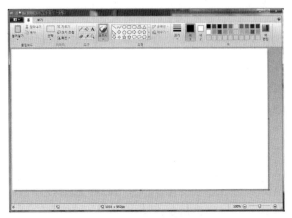

▲ 그림판 초기화면

 다음과 같은 간단한 배너를 만들기도 한다. 주로 블로그나 카페
의 대문에 넣는 용도로 제작을 한다. 이런 배너이미지를 만들 경우
크기는 가로(폭)×세로(높이) : 966PX × 50PX ~ 300PX로 설정한
다. 그리고 그림파일의 확장자는 JPG나 GIF로 한다. 또한 그림파일
의 용량은 500Kb 이하로 제작한다. 파일의 용량은 알씨 프로그램
을 이용해서 조정할 수 있다.

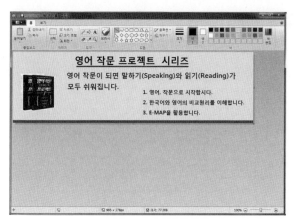

▲ 그림판에서 배너 만들기 작업화면

가끔 윈도우 화면 전체나 특정 화면을 전체 캡처하고 싶은 경우 키보드의 [Print Screen] 키를 누른 후 그림판에서 [Ctrl]-[V]를 동시에 눌러보자. 다음과 같이 캡처한 화면이 그림판에 모두 나타난다.

▲ 그림판에서 [Ctrl]-[V]를 실행한 화면

5-3. 알씨

알씨(Alsee)는 JPG, TIF, BMP, GIF 등 24종의 이미지와 다양한 보기 옵션을 지원한다. 그리고 자동회전, 일괄편집, 꾸미기 등의 작업이 가능하다. 특히 이미지를 이용한 간단한 동영상 만들기 기능도 있다(여기서는 버전 7.46을 중심으로 설명한다).

이미지 보기 기능

크게 보기, 연속 보기, 전체 화면 보기, 목록 보기, 여럿 보기, 사진 자동 회전 보기, 압축파일 이미지 보기 등 다양한 보기 옵션을 통해 이미지를 볼 수 있다.

▲ [목록 보기] 화면

알씨 꾸미기

선택한 이미지를 꾸미려면 [도구] - [이미지 꾸미기]를 선택한다. 새로 나타나는 [알씨 꾸미기] 화면에서 작업을 한다. 여기서 이미지의 자르기, 색 조절, 말풍선, 액자 등의 이미지 꾸미기 기능을 이용해서 이미지를 꾸밀 수 있다.

▲ [목록 보기] 화면

이미지 포맷 변환

간혹 저장한 이미지의 파일 포맷(확장자)을 변경해야 하는 경우가 있다. 이때에는 [도구] 메뉴에서 [포맷 변환하기]를 선택하면 나타나는 [이미지 포맷 변환] 화면에서 원하는 파일 포맷으로 변경해 준다.

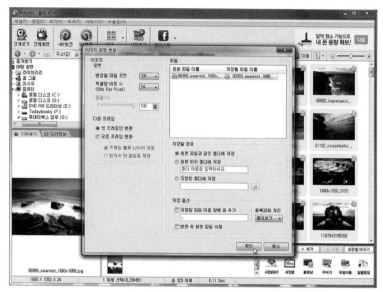

▲ [이미지 포맷 변환] 화면

이미지 크기 변경

용량이 큰 이미지 파일을 자신이 원하는 크기의 용량으로 줄이는 경우에 사용된다. 이때에는 [도구] 메뉴에서 [크기 변경하기]를 선택하면 나타나는 [이미지 크기 변경] 화면의 [해상도로 조절하기] 항목에서 이미지의 가로PX와 세로PX를 입력해서 변경해준다. [해상도로 조절하기] 항목에서 [크기에 비례]를 선택해 두고 가로 PX만 변경하면 세로PX도 자동으로 변경된다.

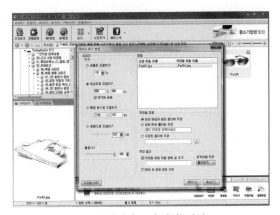

▲ [이미지 크기 변경] 화면

동영상 만들기 기능

이미지 파일들을 이용해서 움직이는 동영상 파일을 만들어보자.

① 동영상 파일로 만들 이미지들을 마우스를 이용해서 [사진 보
　관함]에 모두 담자. 그런 다음 [동영상] 버튼을 선택한다.

▲ [사진 보관함]에 이미지를 담은 후 [동영상] 버튼을 선택한 화면

② [동영상] 만들기 버튼을 선택하면 [알씨 동영상 만들기] 화면
이 나타난다. 여기서 동영상의 크기와 화질을 선택한 후 [다
음] 버튼을 선택한다.

▲ [알씨 동영상 만들기] 화면

③ [알씨 동영상 만들기] 화면에서 동영상에 음악파일을 삽입하
려면 음악(MP3, WAV)을 삽입해준다. 그리고 재생 시간 설정(사진
1장당 넘어가는 시간)도 해준다. 작업이 다 되었으면 [다음] 버튼을
선택한다.

▲ [음악 파일 삽입]과 [재생 시간 설정] 화면

④ 적당한 [화면 전환 효과]와 [액자 효과]를 설정한 후 [다음] 버튼을 선택한다.

▲ [화면 전환 효과]와 [액자 효과] 화면

⑤ 동영상의 타이틀을 입력할 수 있으며 각 화면마다 자막을 넣을 수 있다. 그리고 엔딩 화면도 설정할 수 있다. 작업이 다 되었으면 [만들기] 버튼을 선택한다.

▲ [동영상 타이틀] 입력 후 [만들기] 버튼 선택화면

⑥ [만들기] 버튼을 선택하면 동영상 파일을 저장한 위치를 묻는다. 적당한 폴더를 지정하고 파일 이름을 입력한 후 [저장] 버튼을 선택하면 모든 작업이 끝난다.

▲ [동영상 파일 저장] 선택화면

[실전 연습 원본]

학습 상담자로써 나는 실패가 없는 공부 방법을 찾아서 그동안 심리적 접근방법을 통하여 각자에게 도움을 주었지만, 다수의 아이들에게 보편적으로 적용 가능한 방법이 필요했다. 학습 상담자는 아이들을 학습 내성에 강한 아이로 만들어서 다시 전투에 내놓아야 한다. 학습문제를 파악하여 수정하고 훈련하여 공부를 잘 하게 만드는 것이 학습 상담자의 역할이다. 부모들도 아이들도 학습상담자를 만날 때는 지금의 문제를 정확히 진단하고 즉시 해결하여 공부를 잘 하게 만드는 것이 목적이다. 세상의 불공평이나 불합리한 점 때문에 내가 뒤떨어졌고 그래서 위로를 받겠다고 오는 것이 아니다. 상담자는 현실을 인정하고, 세상의 평가 방법을 인정하고, 내원자도 동의하는 절차를 거쳐서 그 안에서 실천 가능한 해결책을 제시하여, 공부에 전투적인 학생으로 만들어야 부모와 학생이 만족한다. 그러나 이 방법은 한 사람을 위하여 상담자 한 사람이 매달려야만 변화를 기대할 수 있는 개별적 처치이기에 시간과 비용이 많이 소모된다.

[실전 연습 수정본]

나는 학습 상담자로서 그동안 여러 가지 심리적 접근 방법을 통해 많은 학생에게 도움을 주었지만, 항상 모든 학생에게 보편적으로 적용할 수 있는 방법을 찾기 위해 노력해 왔다. 학습 상담자는 아이들의 학습 내성을 강하게 만들어 전투에 내놓아야 한다. 학생의 학습 문제를 파악한 후에 이를 수정하여 공부를 잘하게 하는 것이 학습 상담자의 역할이다. 부모 또는 아이가 학습 상담자를 만나는 목적은 현재의 학습 문제를 정확히 진단하고, 이를 해결하여 공부를 잘하는 데에 있다. 상담자는 학생으로 하여금 현실을 인정하도록 하고, 실천 가능한 대안을 제시함으로써 학생의 성적을 향상시킬 책임이 있다. 그러나 이 방법은 한 사람을 위하여 상담자 한 사람이 매달려야만 변화를 기대할 수 있기 때문에 많은 시간과 비용이 필요하다.

부록

외래어 표기법

문장다이어트 레시피

북즐 활용 시리즈 09

[제1장] 표기의 원칙

○ **제1항** 외래어는 국어의 현용 24 자모만으로 적는다.

○ **제2항** 외래어의 1 음운은 원칙적으로 1 기호로 적는다.

○ **제3항** 받침에는 'ㄱ, ㄴ, ㄹ, ㅁ, ㅂ, ㅅ, ㅇ'만을 쓴다.

○ **제4항** 파열음 표기에는 된소리를 쓰지 않는 것을 원칙으로 한다.

○ **제5항** 이미 굳어진 외래어는 관용을 존중하되, 그 범위와 용
례는 따로 정한다.

[제2장] 국제 음성 기호와 한글 대조표

자음			반모음		모음	
국제 음성 기호	한글		국제 음성 기호	한글	국제 음성 기호	한글
	모음 앞	자음 앞 또는 어말				
p	ㅍ	ㅂ, 프	j	이*	i	이
b	ㅂ	브	ɥ	위	y	위
t	ㅌ	ㅅ, 트	w	오, 우*	e	에
d	ㄷ	드			φ	외
k	ㅋ	ㄱ, 크			ɛ	에
g	ㄱ	그			ˆɛ	앵
f	ㅍ	프			œ	외
v	ㅂ	브			œ̃	욍
θ	ㅅ	스			æ	애

ð	ㄷ	드				a	아
s	ㅅ	스				ɑ	아
z	ㅈ	즈				ɑ̃	앙
ʃ	시	슈, 시				ɔ	오
ʒ	ㅈ	지				ɔ̃	옹
ts	ㅊ	츠				o	오
dz	ㅈ	즈				u	우
tʃ	ㅊ	치				ə**	어
dʒ	ㅈ	지				ɚ	어
m	ㅁ	ㅁ					
n	ㄴ	ㄴ					
ɲ	니*	뉴					
ŋ	ㅇ	ㅇ					
l	ㄹ, ㄹㄹ	ㄹ					
r	ㄹ	르					
h	ㅎ	흐					
ç	ㅎ	히					
x	ㅎ	흐					

* [j], [w]의 '이'와 '오, 우', 그리고 [ɲ]의 '니'는 모음과 결합할 때 제3장 표기 세칙에 따른다.

** 독일어의 경우에는 '에', 프랑스 이의 경우에는 '으'로 적는다.

[제3장] 표기 세칙

제1항 무성 파열음([p], [t], [k])

1) 짧은 모음 다음의 어말 무성 파열음 [p], [t], [k]는 받침으로 적는다.

> **gap** 갭, **cat** 캣, **book** 북

2) 짧은 모음과 유음, 비음([l], [r], [m], [n]) 이외의 자음 사이에 오는 [p], [t], [k]는 받침으로 적는다.

> **apt** 앱트, **act** 액트

3) 어말과 자음 앞의 [p], [t], [k]는 '으'를 붙여 적는다.

> **part** 파트, **sickness** 시크니스

제2항 유성 파열음([b], [d], [g])

1) 어말과 모든 자음 앞에 오는 [b], [d], [g]는 '으'를 붙여 적는다.

> **bulb** 벌브, **zigzag** 지그재그, **lobster** 로브스터

제3항 **마찰음([s], [z], [f], [v], [θ], [ð], [ʃ], [ʒ])**

1) 어말 또는 자음 앞의 [s], [z], [f], [v], [θ], [ð]는 '으'를 붙여 적는다.

> **jazz** 재즈, **bathe** 베이드, **thril** 스릴

2) 어말의 [ʃ]는 '시'로 적고, 자음 앞의 [ʃ]는 '슈'로, 모음 앞의 [ʃ]는 뒤따르는 모음에 따라 '샤, 섀, 셔, 셰, 쇼, 슈, 시'로 적는다.

> **flash** 플래시, **shank** 섕크, **fashion** 패션

3) 어말 또는 자음 앞의 [ʒ]는 '지'로 적고, 모음 앞의 [ʒ]는 'ㅈ'으로 적는다.

> **mirage** 미라지(신기루), **vision** 비전

제4항 **파찰음([ts], [dz], [tʃ], [dʒ])**

1) 어말 또는 자음 앞의 [ts], [dz]는 '츠', '즈'로 적고, [tʃ], [dʒ]는 '치' '지'로 적는다.

> **Keats** 키츠, **switch** 스위치, **bridge** 브리지

2) 모음 앞의 [tʃ], [dʒ]는 'ㅊ', 'ㅈ'으로 적는다

> **chart** 차트, **virgin** 버진

제5항 비음 [m], [n], [ŋ]

1) 어말 또는 자음 앞의 비음은 모두 받침으로 적는다.

> **steam** 스팀, **corn** 콘

2) 모음과 모음 사이의 [ŋ]은 앞 음절의 받침 'ㅇ'으로 적는다.

> **hanging** 행잉, **longing** 롱잉

제6항 유음([l])

1) 어말 또는 자음 앞의 [l]은 받침으로 적는다.

> **hotel** 호텔, **pulp** 펄프

2) 어중의 [l]이 모음 앞에 오거나, 모음이 따르지 않는 비음([m], [n]) 앞에 올 때에는 'ㄹㄹ'로 적는다. 다만, 비음([m], [n]) 뒤의 [l]은 모음 앞에 오더라도 'ㄹ'로 적는다.

> **slide** 슬라이드, **film** 필름 / **Hamlet** 햄릿, **Henley** 헨리

제7항 장모음의 장음은 따로 표기하지 않는다.

> **team** 팀, **route** 루트

제8항 중모음 [ai], [au], [ei], [ɔi], [ou], [auə]는 각 단모음의 음가를 살려 적되 [ou]는 '오'로, [auə]는 '아워'로 적는다.

> **time** 타임, **oil** 오일, **boat** 보트, **tower** 타워

제9항 반모음([w], [j])

1) [w]는 뒤따르는 모음에 따라 [wə], [wo], [wou]는 '워' [wa]는 '와', [wæ]는 '왜', [we]는 '웨', [wi]는 '위', [wu]는 '우'로 적는다.

> **word** 워드, **woe** 워, **wander** 완더, **witch** 위치, **wag** 왜그

2) 자음 뒤에 [w]가 올 때에는 두 음절로 갈라 적되, [gw], [hw], [kw]는 한 음절로 붙여 씀.

> **whistle** 휘슬, **quarter** 쿼터

3) 반모음 [j]는 뒤따르는 모음과 합쳐 '야', '얘', '여', '예', '요', '유', '이'로 적는다. 다만 [d], [l], [n] 다음에 [jə]가 올 때에는 각각

'디어', '리어', '니어'로 적는다.

> yank 앵크(확 잡아당기다. 해고하다),   yawn 욘(하품하다),
>
> year 이어, Indian 인디언, union 유니언

[참고 문헌]

안정효의 글쓰기 만보(안정효) / 모멘토 / 2006

글쓰기 훈련소(임정섭) / 경향미디어 / 2009

글쓰기 표현 사전(장하늘) / 다산초당 / 2009

당신의 글에 투자하라(송숙희) / 웅진웰북 / 2009

오류 극복의 글 쓰기(최병선) / 나노미디어 / 2010

국어 실력이 밥 먹여준다_문장편(김철호) / 유토피아 / 2010

책쓰기의 모든 것(송숙희) / 인더북스 / 2011

글쓰기의 정석(배상복) / 경향 미디어 / 2012

글쓰기를 어떻게 쓸 것인가(임정섭) / 경향BP / 2012

내가 지키는 글쓰기 원칙(임철순 외) / 이화여자대학교출판부 / 2013

출판 편집 백서(안종군) / 투데이북스 / 2013